可以哭，别认输

白冰冰
著

中国出版集团
现代出版社

图书在版编目（CIP）数据

可以哭，别认输 / 白冰冰著. -- 北京 : 现代出版社, 2016.11

ISBN 978-7-5143-4552-0

Ⅰ. ①可… Ⅱ. ①白… Ⅲ. ①纪实文学 - 中国 - 当代 Ⅳ. ①I25

中国版本图书馆CIP数据核字(2016)第254897号

著　　者　白冰冰
责任编辑　杨学庆
出版发行　现代出版社
通讯地址　北京市安定门外安华里504号
邮政编码　100011
电　　话　010-64267325 64245264（传真）
网　　址　www.1980xd.com
电子邮箱　xiandai@cnpitc.com.cn
印　　刷　三河市祥达印刷包装有限公司
开　　本　880mm × 1230mm 1/32
印　　张　7.5
版次印次　2017年1月第1版　2017年1月第1次印刷
标准书号　ISBN 978-7-5143-4552-0
定　　价　39.80元

推荐序一

我跟白冰冰相识于9年前，当时和她一起演出电视剧《武十郎》，我们演的是一对逗趣夫妻。她非常亲和，第一次见面的我们就像老朋友一样，搭档默契。

其实对白冰冰的遭遇我略有耳闻，知道她的人生过得很辛苦，曾惨遭丧女之痛。有时候我会观察她在演戏的时候，为什么能够收藏起一切的悲伤，演得那么活泼生动和富有喜感。后来熟悉了难免会聊到她的遭遇，我也是小心翼翼，生怕勾起她的痛苦回忆。可是弱小的她，从不躲避总是直面痛苦，并且用工作和乐观去战胜它。

白冰冰小小的个子，身体里却有着一个巨大的身影，那个影子就是努力、毅力、不言放弃的精神。她告诉我，未来她的人生就是独自一个人，她不但要努力的好好活下去，更要把女儿活不够的，一起活下来，除了要好好照顾自己之外，更要照顾很多其他年轻人，因此她成立了白晓燕文教基金会，除建立了警察子女奖学金、助学金之外，还做很多关怀社会以及儿童老人的公益活动。

今天的白冰冰不是为自己而活，而是为社会努力工作，她是一位有责任心有大爱的母亲，她努力所做的一切，就是希望社会治安能更好，儿童安全无虞。

这个温柔却坚强的女性，值得我们为她喝彩。我想要真诚地对白冰冰说，未来你的人生绝不会是一个人，我们大家都爱你！冰冰加油！

— 张国立 —

推荐序二

白晓燕事件发生时，我还是个高中生，但我已经不敢想象整个犯案的细节，晓燕如何受苦，冰冰姐如何承受这一切！我总把这件事埋在我心里的最深处，不敢触及。

后来我当了妈妈，也访问了冰冰姐，她跟我细说，她每天如何熬过漫漫长夜，想象着她女儿受的苦，她却无法在旁保护她。当时身为妈妈的我，听到的每一句话都刺骨，我实在无法想象这件事，如果是发生在我身上，我能像冰冰姐那么坚强吗？

冰冰姐的坚强在于她承受着丧女之痛，而且是以如此残忍的方式，但她同时又毅力不摇的带给大家欢乐，到底是什么样的意志力支撑着她，我不但好奇也万分佩服，女性的伟大常被人歌颂，但冰冰姐的故事，应该被永远的流传下去。

— 小S —

推荐序三

台湾综艺超级天后白冰冰终于要出书了。基本上她就是一部“行走的台湾综艺历史课本”。

她充满戏剧性的一生，一次又一次地牵动着上亿人的欢喜和悲伤。

冰冰姐是我看过最坚强的女人。她的字典里，从来就没有“放弃”这两个字！也就是这样锲而不舍的精神，方能成就台湾综艺史上最璀璨的一页。

年轻时的困顿，婚姻的不如意，甚至到后来痛失爱女的锥心剧痛……都不曾将她打败。

她将生命奉献给舞台。她的一生更是所有人应该学习的一课。

— 吴宗宪 —

推荐序四

对很多人来说，可能很难把我跟冰冰姐联想在一起，其实论辈分来说，我应该叫她一声阿姨的……（哈哈）。因为冰冰姐除了是演艺圈的前辈，还是妈妈的好友。

过去在电视里看到的冰冰姐，总是幽默风趣、带给大家欢乐，直到那一年，冰冰姐因为爱女，出现在娱乐版以外的社会新闻里，才让大家看到她最脆弱却也最坚毅的一面。

尤其在我也当上了爸爸后，深知那段过去对为人父母来说，会是多么难以承受的椎心之痛。

这段冰冰姐独自走过的心路历程，全都记录在这本书里。

此外，她也化小爱为大爱，成立了慈善基金会，更以自身经验，提醒所有处在逆境中的人，挫折与苦痛终将过去，相信冰冰姐也能透过这本书传递更多爱的正能量。

— 林志颖 —

推荐序五

早在范冰冰与李冰冰成名之前，台湾早已有一位纵横歌唱、戏剧、主持，家喻户晓的全能艺人、天后巨星白冰冰。

冰冰姐，我们都是这样亲切的称呼她。而巨星没有架子，总是笑容满面的面对我们这些演艺圈的后辈。多年来，她除了耕耘自己的事业，更提携许多年轻艺人，并跨足电影等相关影视产业，她是许多人尊敬的大前辈，也是学习追随的目标。

与我一样，她的个子比较浓缩，但她的内在涵养，肯定能量巨大，每寸都是精华。况且，她经历数十年，各地各种大小舞台的演出经验值，更累积出无敌力量！至于台下的她，有许多精彩回忆，也有不少坎坷路途，当下的喜乐或悲痛，我们来不及分享或分担，但无论哪一种经历，现在的冰冰姐，都已经把它幻化为人生养分，以正向能量，迈向新生的每一天！

只要能活着，就不应该觉得苦，拥抱生命的安排，踏过每个考验关卡，值得我们佩服与学习。本书，是她用一生日月精华换来的，且让偶尔多愁善感的我们，细细品味，认真吸收。冰冰姐，谢谢，您辛苦了！愿未来每一天，都充满灿烂阳光。

— 黄子佼 —

目录

part 1

小时候，苦时候 / 003
破屋逃生记 / 006
童年那一阵子，影响你一辈子 / 009
那位一直想回大陆的老兵伯伯 / 013
小童工 / 015
短暂的学生时代 / 020
黄毛丫头初入社会 / 022

part 2

每个人都有一个梦 / 029
最初的梦想，坚持才能到达 / 036
日本，我来了 / 044
台湾的山口百惠 / 046

part 3

生命中第一个男人 / 055
我们结婚吧 / 060
千古难题——婆媳关系 / 062
渐行渐远的婚姻关系 / 068

part 4

一切又回到原点 / 081
为了孩子，一定要坚强 / 085
走红的代价 / 096
得到的和失去的 / 100
只有真正开心的人，才能演好喜剧 / 102
我是歌手 / 105
在黑夜里发光 / 109
一夜惊魂记 / 113
“矮肥短”影后 / 118

part 5

炼狱第一天：措手不及的暴风雨 / 129

炼狱第二天：无力承担的巨额赎款 / 136

炼狱第三天：焦急、恐惧、无助 / 138

炼狱第五天：希望再度落空 / 145

炼狱第六天：悲伤的流浪者 / 150

炼狱第十天：陷入绝望 / 153

炼狱第十三天：锁定歹徒身份 / 160

炼狱第十五天：永别了，我的女儿 / 161

我不知道还能说些什么 / 166

公益成为我唯一的寄托 / 170

世界那么冷，幸好有你们 / 175

菅芒花是否还有春天 / 179

part 6

重新出发，给自己一个崭新的人生 / 187
我要把女儿生回来！ / 190
期待再次为人母 / 195
老天为我做了决定 / 198
人到中年又怎样，我就是要读书去！ / 203

part 7

晓燕去世周年忌 / 211
人生六十才开始，此时努力并不迟 / 215
午夜后记 / 219

自 序

我是一个很爱哭的人。

现在的我，已经经历了一个甲子。按道理来说，这么成熟的年龄，应该很沉稳，但我一遇到开心或不开心的事儿，还是容易掉眼泪。

2016 年 6 月，我专程到北京举办自己的新歌发布会。连续几日的奔波，让我的身体略有些吃不消。结束行程后，我拖着疲累回台，同行的友人问我："你都这年龄了，这么累又何苦？"一句话又问得我眼眶湿润。

我从事演艺 42 年来，身份多元，既是歌手也是演员，还主持电视节目，这几年也开始担任电影的监制，甚至还因为主演的一些电影获得过几个最佳女主角的奖项。只看目前的结果，我似乎是一个很幸运的人，做着自己热爱的工作，并且在自己的工作领域略有所成。但回首我的人生路，一路坎坷，每走一步路，总是历尽千辛万苦。

我从小家庭困顿，成长路坎坷，好不容易进入演艺圈，却又遇人不淑，成了单亲妈妈。生活稍有好转，与我相依为命的女儿，却又被坏人狠狠地折翼了……2016 年的 4 月 14 日，是我的女儿白晓燕离开我 19 年的纪念日。

回首这 19 年，我如履钉床，步步痛心。

女儿离开后，我每天都哭泣，一直哭了 11 年。11 年后的某一天，我突然发现自己已有几日不再哭泣，我慌忙打电话给友人诉说，她听完叹了一口气："你终于熬过来了。"

原来如此。

这样椎心刺骨、痛不欲生的伤痕也可以被时间慢慢缝合；这样凄风楚雨、千疮百孔的日子也可以慢慢的熬过去。我又获得了新生。

大家说我是舞台上的谐星，人生的苦旦，是一位勇敢的女性。其实不然。

经历这样痛苦的事情，任谁也会怨天怨地，我心里的伤、痛、恨只多不少。但慢慢地我发现，我把日子过得越来越苦，人生变得越来越难，我不想余生都是如此！

每个人的人生，都会遇到很多难走的上坡路，只要咬紧牙关熬过去了，就会看到新的风景，拥有更好的人生。现在的我，已经翻过一个人生大坎，拥有新的生活，那我为何不努力前进，好好做我自己热爱的事呢？

所以我要比以前更加努力的生活和工作。疲累又算得了什么，让爱我的人开心，让自己过得更有意义，对我来说，是目前最重要的事。

现在，每每见到身边有年轻人为情为爱为工作中的诸多小事伤心不已的时候，我都会对他们说："我都熬过来了，你有什么不可以？"

而我自己每每再遇到困苦的时候，我也总是对自己说："可以哭，别认输！"

在此，我要特别提及一件事。

晓燕 19 年纪念日的当天，我情绪复杂睡不着，心血来潮，为她写了一篇纪念文放在微博上，没想到引起广大网友的关注，很多不知道当年事件的年轻人都到百度去搜索白晓燕事件的原委，并在微博给我鼓励及安慰，令我深深感动。

谢谢大家的关爱，感恩有你们。

part 1

小时候，苦时候

我对童年的记忆大多是一个个灰蒙蒙的片段。

蒙蒙的雨中、满是矿工的村子、最窄最破的一间房子……那是在基隆的山上，一个贫穷的矿区，我诞生于此。

我没有富裕快乐的童年，有的只是洗衣、捡煤、带弟妹，做不完的家事，但是我认真勤奋，念书很棒。

那个年代，台湾接受美国援助，各地的基督教会经常发放面粉、奶粉，救济贫苦的人。当时信奉佛教、道教的人居多，因此，很多人就把教堂称为“基督庙”。

大家都穷，我家更穷，所以家人经常去附近“基督庙”排队领取面粉、奶粉。

美国那种特大号包装的奶粉，很多小孩吃不习惯，有的吃了还会拉肚子，只有我吃得胖嘟嘟。

有一天，教会来了一批外国人，拍了我的照片，再过一阵子，外国人又来了，送给我们家一张英文报纸。

那张报纸，登着我的大照片，一个笑嘻嘻可爱的胖婴儿，报纸上写的是英文，大家一个字也看不懂。

不过，邻居都开玩笑说：“白月娥这么小就上报纸，长大一定做明星。”

对了，白月娥是我的本名，有些土气，但也很有那个时代的印记。

现在想来，拍照登报这个行为，应该是当时的美国人在全球倡扬自己为亚洲地区救济贫穷的事迹吧。

1960 年左右，台湾终于度过了战后濒临崩溃的时期，经济开始起飞。

但是对我的父亲白宗兴来说，经济起飞对他没有任何帮助，他仍然只是一名工人，拿着一份微薄的薪水，却要养活越来越多的孩子。

妈妈一年生一个，一直生到排行第十的小弟才结束。在家里我排行老三。

孩子多，吃饭要钱、买衣服要钱、缴学费要钱。为了钱，他们经常吵架，丈夫说妻子不会持家，妻子说丈夫赚钱太少。

更可悲的是，贫贱夫妻也不懂节育，孩子生太多，养不起了，只好送养。当时的台湾社会重男轻女，选择送养，当然先送女孩。

白家第一个送养的就是我。

妈妈后来回忆，那时一岁多的我，本来是一个很乖的女婴，平常吃饱就睡、睡饱就吃，一张小脸总是笑嘻嘻的。想不到送养之后，竟然一连哭了三天。

对方被吵得受不了，只好把我抱回来，换走才两个月大的妹妹。

后来，白家又陆续把三个妹妹送养。最后，妈妈收了两千元红包，把最小的弟弟也卖了。对方要求我家必须与这小男孩完全断了关系，以免将来纠缠不清。看着载着小弟的三轮车走远，妈妈倚在门边放声大哭。

当时七岁的我，穿着木屐，迎着风雨追着那辆三轮车，想偷偷看他们把小弟抱到哪里去，追了几步路木屐掉了，我拾起木屐继续追，跑着跑着又跌倒了，眼看追不上了，就趴在路上放声痛哭。

三轮车越走越远，雨势越来越大，我的脸上已经分不出是雨还是泪。

那时卫生环境也不好，很多女生都长头虱。有一次妈妈拿了杀虫剂泡了一桶水，让我洗头除虫，我洗得太用力抓破了头皮，当场痛倒在地上打滚。幸好邻居听到哀嚎，跑过来一看，我的整个脸都肿了，邻居赶紧提井水来冲洗我的头。好在杀虫剂没有流进眼睛，否则演艺圈可能就多了一个“独眼谐星”了。

当时还有很多可怕的传染病，包括白喉、百日咳、疟疾、沙眼、小儿麻痹……穷人家的孩子一旦染上，就只能听天由命了。

到了夏天，我们家也没有冷气和电风扇，天气很热的时候，几乎全村的孩子都会长痱子。隔壁人家的孩子长痱子了，家长会给他们撒上香凉的痱子粉，而我们白家的孩子就只有羡慕的份儿，痒的时候就用手抓，抓破了反而更痛更痒，弄得体无完肤。

我那时常想，为什么我的身份证登记的出生日期晚了41天，如今我终于明白，原来穷苦人家生病没钱医，等养活了再去登记也不迟。

破屋逃生记

当时，我们一大家子全都挤在一间又小又破的房子里。

而爸爸为了全家人的生活，身兼好几份工作，省吃俭用。他从早做工做到晚，回家时已经够累了，却经常还要动手修房子。

那间“破厝”经常屋顶破洞漏水。爸爸总是用捡来的红瓦片盖在屋顶的破洞上，再去捡一些砖块或石头来压住。这样，也算是一间“红瓦厝”了。

不过台风一来就完了。红瓦片被吹走，雨水倾盆而下，全家人就只好躲在桌子底下。

房子的后山土质松软，风雨太大时就山崩。遇到危险的时候，我经常一手抱着弟弟一手抓着妹妹，跟着全家人冲出去，山崩结束后又回到屋里。

住在那里简直是跟老天爷在搏命。在一次严重的山崩之后，我们全家眼睁睁地看着房子被石头和泥土压垮。

此后一段时间，我们一家就在邻居家里打地铺，一大群小孩吵吵闹闹，承蒙邻居实在太善心了，现在想来真是感谢。

借住那段时间，全家人每天都到处去捡木板，东钉西钉，重新打造了一间八坪大的房子，隔成了一个客厅、一个厨房和两个小房间。

所谓大门，其实只是两片木板，出门时就用草绳把两个门环绑在一起，就算锁门了。当时的治安真好，不过就算有小偷，估计看到那个绑门的绳子也懒得去拆了。

当时爸爸钉了一张饭桌、几个小凳子放在客厅，小孩太多不够坐，就只能端着饭碗蹲在门槛上吃了。

厨房里则摆着一个水缸，一个灶，一个锅，除了烧水、煮饭、做菜之外，也是洗澡的地方。

那两个小房间，以甘蔗板隔开，一间租给老兵伯伯，另一间用捡来的木板钉成了通铺，全家人睡在一起。只是旧木板钉不牢，钉子松了还会翘起来，睡觉时一个翻身，有人被钉子刺到，就是一声惨叫。

床的两边墙面也钉了钉子，绳子一拉，就可以挂衣服。当衣服挂满时，我们就好像睡在一个大衣橱里，有时候洗好的湿衣服挂在绳子上晾干，睡梦中的我们还会被水滴醒。

因为孩子太多，睡姿不好，睡觉时他的手塞我的嘴里，我的脚趾塞她的鼻孔，更是常态。

穷苦孩子没有玩具，最大的活动就是打架。抢食打架、推托家事打架、写功课占位置打架……这为我以后在日本以功夫女星身份出道，打下基础。

当时还是油灯及五烛光小灯泡轮流使用年代，没有书桌，我们在微弱的灯光下，趴在床上写功课。

床下，老鼠、蟑螂跑来跑去，既可堆木炭，又可养鸡鸭，我们无聊到为它们取名字，黄的鸡叫小黄、黑的鸡叫小黑，花色的叫小花，甚至还猜哪一只会先被抓去宰。

童年那一阵子，影响你一辈子

那个年代，吃鸡肉算是最大享受。孩子们都期待一年三节才可以吃到辛苦养大的鸡，但是偶尔鸡还没长大就死了，就得从小鸡再养起。

我的家务活中有一项就是赶着几只小鸭去河边放风。小鸭的食物，就是从河堤边泥土里挖出来的蚯蚓，当我用竹筷子把一只只蚯蚓夹出来的时候，蚯蚓不老实地在筷子上蠕动，把我吓得满身鸡皮疙瘩，赶紧丢给鸭子吃。

当过年过节家里杀鸡时，孩子们欢天喜地等着吃鸡，爸爸却要面子，请朋友来吃。并且规定，客人吃过之后，小孩子们才能上桌。

每次我们都是躲着偷看客人吃饭，看到有人挟一块鸡肉，大家的心就会“揪”一下，再来一个无奈的大眼瞪小眼。

等到客人吃饱了，一只鸡就只剩下头、脖子、翅膀、屁股和鸡爪了。然后一家人才分食剩下的鸡肉，我最常分到的是鸡脖子。

不过，我还是吃得很高兴，一面吃还要一面拔毛。那时我常想，吃鸡腿的感觉一定更妙。

家里没有厕所，只有一个铁制的“痰罐仔”，全家人都在这里方便，每天早上再拿出去倒掉，这也是我每天要做的工作。

偶尔捧着罐子出门时，碰到老师，我无处可躲，只好继续捧着罐子说：“老师好！”只见老师嫌恶地挥挥手，脸转向一边，每到这个时候我都觉得好丢脸。

有一次我在水井打水，想不到那桶水太重了，我不但拉不上来，反而被桶拉向井里，快要跌下去了。

我吓坏了，不知怎么办才好。其实，我只要把绳子放了，也就没事了。但在我心里，桶是不能丢掉的，否则回家一定被打。

于是，我就和那桶水僵持着，一个人挂在井口，看着井水，很深很黑很害怕……不知过了多久，我没有叫，也没有哭，脑子一片空白，只是觉得自己就要死了。

突然，背后一双手抱住我的腰，连人带着绳子一起拉上来，两人跌坐在地上。原来是我的老师。我吓得在发抖，老师也在发抖，然后两人一起放声大哭。

我的家事总是做不完，一日三餐要劈柴、升火、煮饭。还要把大锅里面的锅巴铲掉、外面的黑炭刮掉。另外还得种菜、洗衣服、缝衣服、带孩子等。妈妈会再去收别人的衣服回来洗，贴补家用。

由于家里种的菜不够吃，我就常常去菜市场捡一些被淘汰的菜叶子回来。有一次看到一个年迈的老婆婆也在捡拾剩菜，让我起了恻隐之心，就把捡来的菜送给她，空手回到家里，妈妈非常生气，不听解释，就拿扁担打我，下手很重。

当天晚上，我看着自己全身乌青，觉得好委屈，决定离家出走。

夜里，我漫无目标地走着，走到附近的土地公庙，一个人站在黑暗里,越想越害怕,离家出走的那股勇气也就慢慢消失了。

我摸黑回到家里，看到睡着的妈妈，蹑手蹑脚的想上床睡觉，但床上已经挤得没有我的位置了。使劲半天，我硬是挤出了一个空位，刚一躺下便压到弟弟的手，他惨叫一声，我吓得赶紧抬头一看，还好妈妈还在睡。

我还经常因为家务活做得不好，被骂、被打。常常一天照三餐打，有时候还打一顿宵夜。那时的我虽小，但也觉得妈妈不公平，觉得自己完全没有感受到母爱。

这样的童年际遇造就了我小心翼翼、随时察言观色的性格，因为一句话或一个动作就会换来一阵毒打，小孩子应该享受的慈爱，在我童年时根本是天方夜谭。

为了保护自己，我选择远离暴躁的母亲，在我的小小心灵中，家不是我的避风港，反而是我压力所在，我常常想要离家出走，每到深夜，看着熟睡的家人，我就背着书包，蹑手蹑脚地逃出去。但从小就没有方向感的我，每当走到离家一公里外的十字路口就彷徨了。不知道该走哪条路、该往哪里走？要去何方？所以每次的离家出走都是不了了之。

在我有孩子以后，我特别注意不要让自己成为另一个暴躁妈妈。偶尔被小孩子烦到发脾气的时候，我的脑海就浮现出母亲年轻时候的不当管教。

我特别告诫自己再生气都得慢慢与孩子沟通，否则小时候离家出走未遂的情况，将在下一代发生。所以，虽然我对晓燕的管教比较严厉，但一直都坚持了一个原则——事事都跟她讲道理。

这么多年的人生阅历让我发现，一个人的性格跟童年经历息息相关。我见过很多生活十分苦难但却非常快乐的人。我发现他们大部分都是父慈母爱，有一个幸福的童年，那样的经历给了他们乐观向上的性格和思想，此后面对再大的困难，他们都能微笑面对。

所以在这里我要与天下父母共勉，孩子基础教育真的很重要，当他开始懂事的时候，切莫给予不快乐的童年，否则会影响他一辈子，无论是性格还是人生态度。

那位一直想回大陆的老兵伯伯

小时候，我一直很羡慕别人家的小孩有钱买零食吃。我常拉着妈妈的裙子说：“妈啊，给我一毛钱啦！”

经常从早讨到晚，要不到零用钱，流着眼泪睡着了。隔天一早，抠掉眼屎继续努力：“妈啊，给我一毛钱啦！”

某天，卖玉米的人好心切了一小片给我，那一小片玉米，就像薄薄的轮圈，上面总共只有十粒玉米。我用草纸包起来，一天吃一粒，吃到最后几天时，玉米都变硬了，好像在啃石头。

我也会捡一些瓶盖、铁罐子、牙膏铅管等，拿去跟收破烂的人换麦芽糖来吃，一枝麦芽糖，全家小孩都轮流舔着，我一口，你一口，他一口，口水也是糖水，却也吃得津津有味。

有一次，邻居送给我一根香蕉，我藏在裤袋里，就怕被人看到，要来分食。想不到，一直到晚上睡觉时，都找不到机会吃，只好继续藏在裤袋里。隔天上学途中，我才拿出压烂的香蕉吃着，被同学看到，笑说：“白月娥你好恶心喔！”

又有一次，一个同学请我吃红豆冰棍。同学说：“只能让你吃一口，而且不能吃到红豆。”红豆在最上层，我只好从中间咬，结果，张口一咬，整枝冰棍碎了掉到地上。同学气哭了，我也哭了，心里觉得特别抱歉。

跟我们住一起的老伯伯是从大陆来台的退伍老兵。他一直相信就要反攻大陆了，所以没有结婚、没有买房、没有买地。

过年围炉时，爸爸会招呼老伯伯一起吃，但是他总是一脸失落的样子，大概是每逢佳节倍思亲吧。

大家聚餐完后，老伯伯会把孩子们都叫到他房间去，发给每个人五块钱，孩子们高兴得大叫，拿了钱一哄而散，急着去找藏钱的地方。我跑最后一个，当我顺手带上房门时，眼睛瞄到老伯伯正在擦眼泪。

节后，我们的五块钱都没有保住，全部被妈妈收走。但老伯伯的心意让我们这群穷苦的小孩也感受到了年节的氛围，这真的是为数不多的童年美好回忆。

最近台湾有一个叫洪素珠的女人发表了很多对老兵不敬的言论，我特别气愤，回想与我们合住的老伯伯，他和蔼慈祥、沉默寡言，只有在小孩子缠着他要糖果吃的时候，他才会露出真正灿烂的笑容。

我们家很穷，但老伯伯应该也很穷，他在爸爸工作的工厂里担任工友，要负责茶水、打扫及种种杂事，必须最早报到最晚离开，虽然独自一人没有家累，但生活也过得非常简朴。每当他领到微薄薪水的日子，就会特别到猪肉摊买一块肥肥的三层肉回来送给我们，妈妈一面道谢一面白水煮肉。

当肥滋滋的白切猪肉上桌时，妈妈大声叫着：“伯伯，跟我们一起吃饭吧！”老伯伯总是客气推辞，偶尔难以抗拒爸爸的盛情邀请，慢慢步出房间往餐桌走，到达餐桌时，白切猪肉已经被我们一扫而光，我也跟着抢了两块，油滋滋地吃了想吐，但还是很开心的硬塞到肚子里去，因为老伯伯常常说我面有菜色，叫我要多吃肉，我想我大概是想要吃给老伯伯看的吧。

当时很多人相信蒋介石先生说的三年反攻大陆，所以很多人期待着回故乡，在台湾都没有置产。我曾经不小心偷看到老伯伯将薪水放在一个铁盒子里，老伯伯发现我之后，特别告诉我，他要存钱回故乡，他希望回家的那一天，他的老婆还是守着他的家，希望他的母亲还健在，说完老泪纵横，忍不住号哭起来，小小年纪的我只能呆呆地站着，不知该如何安慰他，只觉得他好可怜。

小童工

我在儿童时期就担任小童工，做过好几个行业，现在台湾殡葬业的工作是一位难求，竞争非常大。但在以前的年代，一谈到殡葬业，是个被看不起的行业，从事这行业的人走在路上，大家就像是见鬼似的，躲得远远的。

在我 7 岁的时候，村里有人往生，左右邻居都会去帮忙做些杂务，丧家也都会补贴他们一点工钱，或煮一锅美味的咸粥谢谢来帮忙的人。看似平凡的咸粥，但对穷困的乡民们来说，却是再美味不过的佳肴。

邻居看我家境困苦，好心介绍我去丧家帮忙，当时小小年纪的我被带到丧家，有人看到我就说："这么小的孩子能行吗？"

好心的邻居说："她家很穷，孩子很多，需要她帮忙赚些小钱，就让她试看看吧！"

结果他们让我举一根竹竿，竹竿上头还留有几片竹叶子，下方绑着一条白布写着"驾鹤西归"，是走在棺木前的掌旗人。

现在的棺木都是用轿车运送，但以前是用人扛着，所以掌旗人必须走在棺木前方。对方要我试试看，我奋力一举还真的把旗子举起来，于是他们放心地把这项工作交给我，当时的我开心极了，因为这一趟的工资就有五块钱，让我一夜未眠，兴奋到天亮。

天亮后，仪式正式开始，一行人扛着棺材上路，一路上哀凄的唢呐声此起彼落，伴随着众人哭哭啼啼的啜泣声，而我也很想哭，因为昨天晚上试举旗子的时候感觉很轻松，但没想到今天正式上路后才知道是个大考验。路上有风，只要风稍微大一点吹向旗子，我小小的身子就跟着旗子东飘西荡，站都站不稳。

这可苦了后面扛棺木的工人们，他们一边扛着沉重的棺木，另一只手还要抓住我的后腰让我走稳，嚷嚷着说：“小孩子！好好走，别晃来晃去的！”后来有人实在看不下去，就用绳子把旗子跟我腰绑在一起，就像仪队的掌旗人一样，旗子斜斜的插在我的肚脐上，就这样走了一个半钟头才走到山上。

等丧家一一处理完所有事情之后，开始发草仔粿给大家吃，当他们喊着叫我过去吃的时候，只见我蹲在坟墓旁边一直哭，大人急忙问：“怎么了？”

我哭着说：“肚子痛。”

后来才发现原来是旗子插在我的肚脐上两个钟头，肚脐都已红肿又破皮，大人说：“当然肚子痛，真是可怜啊！”

除此之外，我还卖过冰棍。妈妈钉了一个木头箱子，在箱子底部铺上一层稻草，稻草上铺一条毛巾，上面放将近二十支的冰棍，冰棍上再铺一块毛巾之后盖上木板盖子，用一条绳子让我背在脖子上，就开始四处奔走卖冰棍。

听起来好像很容易，但我小小个子背着一个大木头箱子，在大太阳底下不停穿梭，身体又累又疼。心理还担心冰棍融化卖不出去，回家又会被妈妈毒打一顿。

那时年纪小，觉得卖冰棍很丢脸也不敢大声地喊出来，只敢轻声地问经过的路人要不要买冰棍，有些人会直接说不要就马上走掉，有些人则是边摇头边快步离开。

小时候家里穷买不起鞋子，都是打赤脚，当脚背滴到冰棍因融化流下来的糖水时，我就知道完了！冰棍融化了！怎么办呢？好的冰棍都没人买，融化的冰棍就更卖不出去了。想到这里，我无助地站在路边哇哇大哭。

这时一个好心人经过，关心地问我："小孩，你在哭什么？"

我哭着说："冰棍融化啦！"

好心人疑惑地问："冰棍融化为什么要哭啊？"

我委屈的说："冰棍融化卖不出去，回去会被妈妈打啦！"

好心人觉得我很可怜，就说："好吧！那我全跟你买了，还剩几支呢？"

结果一掀开毛巾，冰棍已经融在一起，根本看不出来还剩几支。

好心人看我哭得可怜，还是付了钱，直接就在木箱子上吃起冰棍，我背着木箱子，看着好心人嘴里吃着冰棍，融化的水顺着他的手肘往下流，而我哭得一把眼泪连接一把鼻涕也往下流，这有趣的画面让我们眼神交会时，突然笑出来。

我已经往下荡的鼻涕还掉到融化的冰棍上，好心人笑道："喂！小朋友，这下子我怎么吃，你的鼻涕跟冰棍融化在一起了。"

两人哈哈大笑，至今都很难忘。

当时，穷人家都用煤矿升火，在一群拿着麻袋捡煤渣的小孩中，我长得最矮小，当然抢不过人家。

有一次，一台矿车经过我身边时，故意丢一个大煤块给我，我正要去捡时，几个男孩冲过来抢，在大家的尖叫声中，有一个男孩被挤落到轨道上，“嘭”的一声，男孩被矿车撞死了。

刹那间，大家都吓跑了，只剩下我一个人，看着地上血肉模糊的小身影。

不久男孩的家人赶到，看到现场的惨状，号啕大哭，并揪着矿工的衣领，要他还公道。当时矿工自己也吓呆了，因为全村都是贫苦人家，矿工的收入也都很低。他因可怜我，特地丢给我那个大煤块，结果却惹了祸。

看着矿工红着眼眶被公安带走，我放声大哭，为那个死去的男孩，更为善良的矿工，但除了难过我什么忙都帮不上。

现在回想当初，内心依然唏嘘。

如果说贫穷的生活给我带来了什么正面的影响，我想最最重要的，就是养成了我的独立坚强。而“远离贫穷”，也成了我人生的第一个志向。

短暂的学生时代

我上学时，大多同学家里都很穷，大家会赤脚去学校。后来学校规定上学必须要穿鞋，我们家一双鞋几个孩子轮流穿，鞋底都破了，下雨天雨水跑进去，走路会吱吱叫。干脆赤脚走路，只有在学校里才套上鞋子，碰到大热天，赤脚走在柏油路上，如同碳烤脚掌。

我家的兄弟姐妹们每人都只有一套制服，穿脏了，晚上洗一洗，隔天一早还没干，也得穿着去上学。放学时，好不容易衣服穿干了，回家背着小弟妹，制服又被尿湿。

▲ 小学毕业大合照

有次，我得到市长奖，由市长亲自颁奖。我在台下等着领奖时，老师突然对我说："你的制服太旧了，不好看！"

我看到老师叫一个同学过来，以为老师是要那个同学把衣服脱下来借我穿。想不到，原来老师是要那个同学上台，代我领奖。

台下，我的眼眶红了，但强忍着不让自己哭。当时内心也暗暗下定决心以后要更加努力的学习，改变自己的人生。

小学毕业，我成绩优异，考上大家梦寐以求的好学校，正怀抱着求学梦，没想到妈妈却把我的学籍卖掉了。我跟着介绍人来到一个有钱同学的家里，把准考证及录取通知单交给对方，对方交给我两百元，又送我一包口香糖，还对我说："不能吞下去哦！"

那是我第一次吃口香糖。

回家路上，一面走一面吹泡泡。泡泡破了黏在嘴边，抠下来再塞进嘴里再吹一个泡，泡泡再破，我再吹……而我的升学梦，就像泡泡一样幻灭了。

黄毛丫头初入社会

没有继续升学的我去餐厅应征当服务生，老板嫌我年纪太小。后来托人帮忙，我才被介绍到基隆一家成衣厂当女工。

起先我只是被安排做最简单的剪线头工作。不过做久了手就会磨破皮，流血了结疤，结疤了也还会再流血。

接着，我被调去钉纽扣的部门。钉纽扣也是一成不变的动作，而且还有危险性，机器上的针，不小心就会刺到手。

一天，我在工作时，突然感到椎心的痛。原来我右手的大拇指被针刺穿，针头断了，插在大拇指上，血不断流出来。

我吓坏了却哭不出来。

一个老技工赶快跑过来，抓起我的右手，浸在机油里，再拿出钳子，把针头拿出来。好心的老技工还帮我擦了消毒药水，叫我赶快回家，休息一星期再来。

但我担心休息太久会丢掉工作，隔天看伤口稍微消肿，就又来上班了。上班后，手伤未好动作就慢，衣服积了一大堆做不完，手又痛，想哭也不敢哭，只怕被领班知道，一定会说："你太小了，本来就不能当女工，以后不要来了！"

人家说祸不单行，几天后我右手大拇指被针刺到的同样地方，又被刺了一次。

那次，只有我一个人加班，我被针刺到时，没有任何技工在场，我自己不敢把针头拔出来，忍痛跑到警卫室求救，警卫竟然也不敢动手。

最后，我决定自己来，依照上次的经验，把伤口浸在机油里，拿起钳子，夹住针头，用力拔出来，当时觉得自己好勇敢。

直到二十年后，我觉得右手大拇指常会疼痛，才去看医生、照X光，发现有一截针头已经在我的大拇指里与我共存二十年，医生都觉得不可思议，后来开刀取出。

在成衣厂做了一段时间后，我觉得当女工没有前途，想学着做生意，就到街上的豆浆店做小学徒。结果每当有客人上门时，豆浆店老板就看着矮小的我爬上小凳子，左手拿着宽口碗、右手拿着比我手臂还长的勺子舀豆浆，对不准常常烫到，老板说他看得心惊肉跳，总担心我掉进豆浆锅里。

当天晚上他就告诉我，第二天不用来了。

后来有一个阿姨介绍我到台北一个医生家里帮佣。

那是我第一次到台北，一路充满新鲜，满心的欢喜。到台北后，我被阿姨带到一栋美丽的洋房前，一个美貌夫人出来开门，皮肤雪白。

但刚进门我就得到一个坏消息，这家人已找到别的女孩来帮佣。

那位夫人看着长得小小的我，随口就问：“你今年几岁？”

“13 岁！”

夫人拉着我的手说：“这么小，一双手就做到这么粗，真可怜！”

她想了一下说：“等我先生回来，介绍你去做护士！”原来，那位夫人的丈夫是医生，开了一家诊所。

当晚，我和阿姨被留下来吃饭。饭后，我帮忙洗碗时，看到夫人站在阳台上，一直往下望。

等到十点，先生还不回来，夫人也没说什么，就留我们过夜。

躺了一会儿，我突然听到夫人在房间外面叫：“小妹妹赶紧出来给先生看一下！”

原来是医生回来了。

他看到我，对我说：“写字给我看一下！”

“写啥？”

“写你的名字啊！”

我写了，医生看了一下，皱了皱眉头说：“慢慢写，再写一遍！”

我再写了一次，医生摇头笑着。

我知道，自己没时间好好练习写字，写的字太难看了。

隔天，医生果然说我不适合当护士。我心里觉得好难过，与阿姨正想离开，善心的夫人说：“你们没有来过台北，难得来一趟，我带你们去走走。”

第一次走进百货公司，我看呆了。看到手扶电梯一层一层被卷进机器里，觉得很奇妙，竟然就看傻了。回神时突然发现大家都不见了。我吓坏了，脑中一片空白，不知过了多久，才听到有人广播：“白月娥，请到服务台来！”

但是，我根本不知道什么是服务台，也不敢去问人家。

我一直站着不敢动，突然听到阿姨大叫：“还待在那里干什么？快跟上来啊！”

看到大家都来了，我红着眼眶，总算安心了。

夫人走了过来，拍拍我的背，轻声地问：“你穿几号衫？”

我还在想什么叫做几号衣服时，一群女人突然冲了过来，带头的那个最凶了，大骂夫人，猛打她的耳光，还伸手去抓她的脸，甚至拿高跟鞋敲她的头。

我和阿姨完全吓呆了，一动也不敢动。而先生竟然也站在一旁，看着夫人血流满面，只有紧张无奈的表情，完全不敢劝架。

从她们的争吵中，我才听明白，原来那位好心的夫人是医生的情人。

这场闹剧最终在商场警卫的干预下结束，而阿姨为了免去尴尬，就匆匆跟夫人和先生告别，带着我离开了。

回家时，坐在火车上，阿姨看着窗外，不说一句话，我也没说话。对那位好心的夫人，我是同情的。后来，我也再没听到关于那位夫人的任何消息。

现在，经过了人生无数历练的我，再回想这件往事也颇为感慨。那位夫人对待毫无关系的我都如此亲切，想来也是一个善良的女子。她破坏别人家庭的行为固然可恨，但看她亲和的为人也许这件事她也有她的苦楚。而那位医生被捉奸以后，完全不敢劝架的情景，让当时小小年纪的我，都觉得他毫无担当，根本不可能好好照顾和对待那位夫人。由此可以预见，如果夫人继续跟他在一起，她的人生是很难获得幸福的。

所以，女孩子们一定要懂得照顾自己，对自己的人生做出慎重的选择，千万不要因为一时的糊涂和虚荣，为了一些不值得的人，浪费自己的青春和感情。

part 2

每个人都有一个梦

虽然在台北没机会当护士，但我还是跟护士这个职务结了不解之缘。

那是一家女医生开的诊所，叫作陈小儿科。我的同学本来在那里做护士，因为想要继续念书，就介绍我去。我听到一个月有两百元的薪水，很高兴地就答应了。

女医生在日本受过高等教育，五十多岁了，还没结婚，看来非常严肃，脸上少有笑容。诊所在一栋四楼层楼的楼下，女医生和家人住在楼上，家里还养了两只当时很流行的狐狸狗。

从没学过护理的我到了诊所才知道，我的工作不只是护士，也兼女佣。

入职之后，我开始学习做护士的工作，登记名字、找病历、量体温、洗针筒（当时还不是抛弃式针筒，是玻璃筒需要清洗消毒）、包药、还要赶快练习打针。

此外，我还得擦共四层楼的地板，洗全家人的衣服，以及帮狗洗澡。

第一次给狗洗澡时，怕狗的我完全不知道如何下手，看到狐狸狗的尾巴卷成一球，就伸手去拉，结果被咬了一口，流了很多血。

◀ 13 岁的白月娥

女医生的诊所早上八点开门，晚上十点关门，我则是早上六点就要起来准备，一直做到晚上十二点才能睡觉。

吃饭时，我不能在餐桌上和大家一起吃。自己一个人拿着海碗，装满了饭，上面放着几块萝卜干，坐在诊疗室内，一边吃，一边看门。也没汤可喝，口渴了就去拿患者用的水杯来装水。

我的床，就是诊所内的看诊床，床太小常会跌下去。夜里，常有人来按铃急诊，必须慌忙起床，把棉被塞在床下，开门应诊。

有一天晚上，一个妇人抱着小孩来看病，打完针就回去了。不久那妇人又慌张的大叫着抱着小孩来了，那孩子皮肤已变成青紫色，女医生急着帮小孩做 CPR，可惜还是没能救回孩子。

隔天那家人跑来诊所门口抬棺抗议，大声叫骂。

这件事让女医生心情十分糟糕，我也很害怕。

连续半个月，小孩家人天天来医院门口撒冥纸，若有人要进来，就哭诉这医院医死过人。从那事件之后，医院简直门可罗雀。

为了不想再听到门口哭闹的声音，医生干脆把门关起来，躲在医院里休息了一个星期不开业，那几天我看着医生眉头深锁、没有食欲，只是偶尔看看书、抱抱小狗，抑或是望向天空沉思。

经过那事件之后，平常极度严肃的医生好像变了个性似的，对我们都温柔了许多。平常看到她就躲得远远的我，后来也没那么惧怕她了，可以看着她的眼睛跟她说话。

我平日除了工作，还把握仅有的时间读书。有一天，女医生看到我在读书，就鼓励我半工半读去念夜校，她会尽量配合我的上学时间，调配工作。

后来，我在诊所的工作时间就调整为——傍晚五点出去上课，等到晚上十点半回来后，再做一些整理及打扫。

我白天工作，晚上读书，还得写功课，把时间填得满满的，睡觉时间都不够了，更不敢奢望有什么娱乐。

诊所楼上是医生的住家，她的家人围着看电视，我在擦地板，一面做事，眼睛偷瞄着电视上八点档的连续剧《晶晶》。有时候我在厨房洗碗，台视的黄俊雄布袋戏正在热播着《史艳文与藏镜人》，听着大家的嬉笑声，心里很盼望能跟他们一样可以坐下来好好看一次电视。

本以为就这样，一边打工一边读书，我的生活会慢慢变好，但家里突然祸事连连，打乱了我的所有计划。

爸爸在做工时被压伤，躺在医院里。接着，妈妈得了肾病，医生说要开刀割掉一颗肾脏。

当时，大哥在当兵，大姊已婚，我只好一个人扛下了全部的重担，要到医院照顾妈妈，还得赶回家为弟妹们准备三餐。

妈妈开刀那天，我在医院急得像热锅上蚂蚁，医生要我签手术同意书，护士要我去买血。我带着弟弟站在手术房外面，隔着玻璃，看着妈妈躺在手术床上一动也不动，想着待会儿手术刀就会从妈妈已消毒好的肚皮划开，我们姐弟俩就害怕得一直哭。

那一阵子为了照顾住在不同医院的爸爸妈妈，我两边奔波，也就无法再念书了。

等妈妈出院以后，我回到诊所才发现，我的工作已经有别人在做了，也就只好无奈辞职。

近年我回到故乡探望故人时，车子经过诊所，赫然发现诊所旧址变成了公路局车站，我赶忙下车问附近的人，才知道医生于十年前身故，这里改建成车站已经好几年了。

为了父母的医药费，以及全家的生活费，全家人商量后决定把基隆的房子卖了。

后来，房子卖了新台币十万元。由于是祖产，这些钱我们就分了一些给亲戚。然后带着剩下的钱，全家搬到台北租房住。而老兵伯伯在我们卖掉房子之后，搬进了养老院。

为了省吃俭用，我们全家在台北与人分租了一个破旧又没有窗户的房间。厨房和浴厕是共享的，每个月房租八百元。

爸爸康复后，无法继续做工，就在台北一家瓶子回收的处理厂做事，收入减少了很多。

一个男人无法扛起全家的担子，内心是很难受的。爸爸的心情，我非常了解。看着家徒四壁，一家人饥寒交迫，弟弟们嗷嗷待哺，每当缴学费的时刻到了，就看着爸爸为此拖腮愁苦。那时的我几乎每天都在考虑同一个问题，我要做什么工作，才能赶快赚很多钱？

为此，我每天除了从报纸的求职栏找寻工作机会之外，也到社会局设置的求职站找机会。

有时候跟现在的朋友谈到这段经历，她们会说："你怎么不找朋友帮帮忙？"

能说出这样的话，一听就知道是儿时没有吃过苦的人。

我每次都很直接的回答："贫穷的人，没有朋友。"

那时，我为了谋生，每天把自己全部的精力都用在工作和找工作之中，有时候好不容易有个休息的时间，还要帮家里干活。所以我根本没有时间去交朋友，更没有精力和金钱去经营友情。

友情，说到底，是需要经营的，要经营，就得有时间、精力和金钱作为后盾。我当时穷得时间、精力和金钱全都没有，哪里还有朋友。既然连朋友都没有，我又上哪里去找朋友帮忙呢。

很残忍吗？但这是事实。

一天，我在外面找工作时，信步走到面包店的橱窗前，看到橱窗里面的美味面包，馋得口水直流，囊中羞涩的我，只能悻悻地走开，以免越看肚子越饿。

那段时间我一直在问自己，我到底要怎么做才能让自己摆脱贫穷的境遇？要怎么做才能让家里人过上温饱的生活？我必须要突破，但我能做什么呢？

这时，我突然想到自己小学时候做的美梦，一个不可能完成的梦。

我想当歌星。

第一次听到有声音从收音机里跑出来，我非常好奇，收音机这么小，人是怎么进去的？但也是收音机，让我无师自通学会了唱歌。

自此以后，我对唱歌非常着迷，梦想自己有一天也能站在舞台之上。

我曾把自己的这个梦想告诉别人，却被全村及全校的人当成笑话调侃。到如今，这不可能的梦，我想要努力去完成！

多年后再回想自己当初的决定，真是勇敢加三级。当年的演艺圈并没有经纪制度，几位当红的明星都有很厉害的妈妈跟在身边照顾，人们简称他们为“星妈”。但当时台湾的“潜规则”现象很严重，如果某位明星被“有背景的人士”看中，除非你不想混了，否则就算星妈在旁边，也无法招架。

而我一个乡下来的土包子，真是吃了熊心豹子胆，空有勇气没有背景，就靠着自己去碰撞，以致全身伤痕累累，再看现今的演艺圈，有完整的经纪制度，可以参加各式歌唱或戏剧的选秀，只要你敢秀、有实力，就有机会。

因此，现在对演艺事业有兴趣的年轻人，完全可以走正途来实现自己的梦想，切勿投机取巧，否则即便换来了一些机会也绝不长久。毕竟机会是给随时准备好的人，有梦想是应该努力去实现，但切忌只有梦、只会想、只想走捷径。

最初的梦想，坚持才能到达

有梦想很容易，但想要顺利地踏出第一步，却很难。

台北常常举办歌唱比赛，大都在星期天举行。我经常一大早就换搭好几班的公交车赶去报名，有时要等到很晚才能唱到。

那段时间，我参加了好几十场歌唱比赛，多半未被录取。若是被录取时，也往往会发现主办单位若不是想索取很高的训练费用，就是另有不良意图。

有时候我自己都觉得，这个梦想是不是根本没办法实现？我是不是应该彻底放弃？但我不死心，也不甘心。

几个月后，我终于接到了自己的第一个录取通知单。

那是一个随片登台（电影放映前登台演出）的康乐队。全省巡回演出三个月，每个月薪水一千八百元。

一千八百元！这在我的心目中是个天文数字，听到了这个数字简直不可置信，竟然能获得那么多的薪水。

回家路上，我兴奋地想怎么准备登台的东西。

考虑良久，我走到一个卖布的小摊子，挑了一块花布。

“你要做窗帘，还是做被单？”老板无心的问了一下。

我不敢说要做礼服，付了钱，拿了花布就走。

回家后，我把花布对褶，剪一剪，缝一缝，也做出了一件礼服。

我一边试穿礼服，一边告诉妈妈：“我要去演出了！”

演出前，我把自己做的礼服拿出来，大家看到那件用被单做的礼服，笑得东倒西歪。

我被安排在第一个出场。

上台前，主持人问了我一声：“你叫什么名字？”

“白月娥。”

他嫌弃地说道：“真俗气！”

上台后，我在后台听他对观众说：“现在让我们邀请轰动台北、青春美丽、活泼可爱、小鸟依人的学生情人——白冰冰出场！”

我愣住了，东张西望，心想：“谁是白冰冰？不是叫我第一个出场的吗？”

“让我们再一次掌声鼓励，请白冰冰出场！”主持人又说了一次。

突然，有人把我推到了台前。

强烈的聚光灯一下子照在脸上，我的大脑一阵眩晕，台下坐了多少观众都看不清楚。加上脚下一层干冰，舞台完全看不到尽头，我生怕跌下去会出丑，双腿不禁有点发抖。

好不容易一首歌唱完，鞠躬往回走，第一次穿高跟鞋，加上抖得不听话的双腿，以至于重重的拐了一下，差点跌倒，引起台下一阵哄堂大笑。

下台后，我哭了。一位女团员告诉我，那件礼服太硬了，穿起来太丑了，新衣服一定要把浆洗掉，才会变软。

第二天，那件洗过的礼服干了，却大幅缩水，勉强穿上后，拉链却怎么都拉不上了。

我只有那件礼服，只好勉强穿上台。洗后的礼服，花色褪了一半，又皱、又短。我听见台下有人说：“好像咸菜！”然后又是哄堂大笑。

团主看不过，无奈借给我半个月薪水，请我赶快去买一件现成的旧礼服。

当时也正好有人要卖二手礼服，我赶快跑去看。很高兴地挑了两件有亮片的礼服，问对方要多少钱，可不可以分期付款？

那女歌星跟我不熟，看了看我说：“明天再算好了！”

第二天，我才知道，原来她已经搭飞机去美国了。

她的名字叫作严如冰，我一直没有忘记她的好意。后来我探听到她其实是去美国结婚的。我们演艺圈的人要维持婚姻生活不容易，祝福离开演艺圈在美国生活的她能够婚姻美满、家庭幸福。她送我的礼服，也间接成就了今天的我。这几年我做了很多公益，帮助了很多有困难的人，这里面有一部分也该算是她的功劳。

康乐队的演出，大概每三天就要换一个地方，一站一站地走。一天大都演出三场，下午一场，晚上两场。

团体生活，大家都是在戏院里打地铺睡觉，男女分区。女孩子睡的地方，每三个人就用一块布帘子隔着。团主还会在戏院附近的旅馆开一个房间，让大家轮流去洗澡。

平时闲暇的时候，我会跟表演舞蹈的团员一起排练，学了一些爵士舞。有时跳舞的人临时有事，我也可以派上用场。

一眨眼三个月过去了，巡回演出结束康乐队就解散了，我也跟着失了业。

同时失业的有六个人，大家四处碰壁之后，其中有两位无奈转业担任为歌星伴舞的舞者，他们也为我留了伴舞的位置，但我不甘愿，我梦想的是当歌星，我执意继续努力找寻机会，否则开始伴舞之后，生活稳定了，可能就会磨掉了我当初的志愿。而另外三位则完全改行，有人从事电话接线生，有人考上银行员，还有一位男歌手竟然跑去当远洋行船人。

像梦一般，大家分别已经40年了，这些朋友不知现况如何，只有我是唯一一个还留在演艺圈的。夜深人静时细想，若是当初我没有执着我的梦想，努力追寻，怎么可能成就现在的我。尤其看到一些当红的选秀节目，多的是已经成名的歌手，还是很努力的过关斩将、克服压力，当夺标时，那历尽艰辛感动的眼泪，才是人间最美的画面，应验了那句“成功的人永不放弃，放弃了就不会成功”。

那时，我一个人东奔西跑，四处拜托人给机会，但是没有知名度的小歌手，根本就找不到歌厅录用。这时一个年轻的乐师主动说要介绍我到台北的歌厅唱歌。

之后我跟他四处面试，但都未被录取。我也知道，乐师只有乐师的工作渠道，没办法帮到我太多。最后我们决定一起去宜兰试试，于是一天早上，那个热心的乐师骑着一辆50CC的摩托车载着我开往宜兰。

我们走的是“九弯十八拐”的北宜公路。那时的北宜公路路况极差，既危险又恐怖，一路上撒满了冥纸……

当时的社会风气还比较保守，女孩子不敢跨坐，更不敢去抱男孩子的腰，一个转弯，我就从车上摔下来，不知摔了几次，摔得鼻青脸肿。走走停停地赶路，我们没吃中餐，也没吃晚餐，到了晚上七点多，终于赶到了宜兰的一家小歌厅。

在那家小歌厅里，我穿着又皱又脏的衣服，还带着一身的疲倦和伤痕血水，正要上台，结果被经理制止，说不缺人了。

为了省掉差旅费，垂头丧气的我们打算立即赶回台北。

天渐渐暗下来，接着是一场大雾，这时的北宜公路更可怕了。好几次，我的脚擦到山壁，整个人跌在冥纸堆上。最后，摩托车的车灯也撞坏了，我们讨论着，觉得不能继续赶路，否则黑暗中万一摔到山下，真的会粉身碎骨。

我们想拦一部车，可是整条公路阴森森的，尤其我一路跌跌撞撞的，又身穿白衣全身流着血，看到我的人还以为见鬼了，怎么拦也没有人敢停下来。

天快亮时，我才回到家里。妈妈看到我一夜不归，身上都是伤痕，不等我解释，就是一顿痛骂。

好在最后我在桃园蓝天歌厅找到演唱机会。

歌厅同意我住在宿舍里，为了省钱，我不吃早餐和午餐，晚餐在歌厅里吃，这样就不必花钱。赚来的钱，全部寄回家里。

▲ 白冰冰和爸妈、弟弟们

宿舍楼下有一间豆浆店，大家都喜欢去吃。

有一天，一位家境不错的女歌星王可丽在隔壁喊着：“白冰冰，下来吃东西！”

我说我不饿，过了一会儿，王可丽拿出一张五十元的纸钞，包了一个小石头，丢过来，一句话也没说就下楼了。当时我感动到眼眶都红了。

第二天在歌厅后台见面，我很想跟她说一句感谢，但腼腆的我就是无法把感谢说出口，只是点个头就害羞地跑开了。不久，蓝天歌厅倒闭了，连最后两个月的薪水都发不出来。

但我跟王可丽的情谊保留了下来。她后来嫁了一位殷实的商人，子女也都非常优秀。现在她跟我常在 facebook 互动，是我的人生益友。

不久后，我幸运地在金龙酒店歌厅得到一份工作，并在那里打下了演艺事业的基础。

平时，我除了唱歌，也学主持。有一次，歌厅临时找不到主持人，我自告奋勇，表现得还不错。

另外，我还学会了演短剧。

有一次歌厅需要一个人来演“小乞丐”，鼻子被涂黑，脸上画黑点，扮相很丑。没有人要演，我接下了这个角色。

剧情是我跟着爷爷，到处找娘，一副可怜兮兮的样子。

在表演时，想到自己从小命苦，不知不觉就泪流满面。台下一些心软的女观众，一百、两百的钞票都丢到竹篓子里。

这一出戏，大受欢迎，我也演得欲罢不能，慢慢在歌厅打出了一点知名度。但是，想要成为自己梦想里在电视台表演的歌星，那还早得很呢。

日本，我来了

有一天，我在歌厅唱了一首日本演歌。

台下一个日本人说，想不到一个外国人可以把日本演歌唱得这么到位。然后，他把自己的名片递给了我，上面写着：“松竹映画株式会社香港办事处支店长．金井干城”。

原来，松竹映画正在筹拍一部新片《空手道大战争》，需要一位女演员。金井干城看了我的表演后，请我到香港参加松竹的演员招考。

得到这个机会，我高兴极了，赶紧回家告诉爸妈。爸妈不懂，只能告诉我，不要被骗就好了。

到了香港，我发现松竹举行的演员招考有上千人报考，考试的科目是演技和武术。

首先，考演技，考一个刚被遗弃的女人，内心在哭泣，却不能掉眼泪。

再来，考武术，考打斗动作和跳蹦床。

我哪里懂得什么武术，只是想自己既然从老远跑来，一切就要拼了。所以我演得很卖力，打得更卖力，也不管动作多么不雅。从未跳过蹦床的我，一上去就跳得很猛，勇敢奋力一蹦，结果落地时，跨坐在蹦床边缘，一脚插在网子里，一脚掉出网外，明明痛得要死，我却装着若无其事，含着眼泪赶紧爬起来。

结果，我两项考试居然都得了最高分。当场，松竹决定用我，并且要我准备到日本受训。

其实后来回想，无论是哪一项，我都不是表现得最好的，但最后得到这个机会，应该是对方被我的积极态度所感动。

所以以后无论做什么事情，我都保持了自己这种积极性。我发现这种积极的态度很容易感染到别人，让别人知道你的认真和努力，从而让我获得了更多的机会。如果现在有人问我如何才能实现人生理想，我想我会告诉他们："凡事积极一点。"

那时，在日本，欧阳菲菲正以《雨中徘徊》走红，邓丽君也开始以《空港》崛起，我期待成为欧阳菲菲和邓丽君之后的第三位，虽然遥不可及，但我会加倍努力。

双十年华的我，在松竹人员金井干城的陪同下，搭乘华航班机，从台北飞往东京。

飞机上，金井干城有很多事想提前跟我说清楚，不过我的日文程度只是皮毛而已，无法沟通，两人只好比手画脚。

松竹是日本一家很大的电影公司，在既定的宣传计划中，我是一位三千人中选出来的台湾少女明星，从台湾到日本，即将成为新片《空手道大战争》的女主角。

因此，金井干城告诉我，下飞机时，松竹的宣传部门会安排人员前来献花，还有一批记者也会来拍照和采访，让我做好心理准备。

不久，飞机降落在东京的羽田机场，我刚走出机舱，突然，一大群记者拥了过来，闪光灯闪个不停。刹时间，我傻住了，不知如何是好。幸好，金井干城赶快站到我的背后，把我的右手抬起来，叫我挥手。

挥手的那一刻，我才明白，我真的正式进入演艺界了。

在松竹人员的安排下，我先参观了松竹在东京的总公司，接着准备再去参观片场。松竹的片场在一个叫作大船的地方，离东京有两个多小时的车程。

在总公司时，我被询问以后是要住在东京的饭店，每天再搭车去大船的片场，还是要直接住在片场的宿舍？当然饭店比较舒服，宿舍就比较简陋了。但我想，从东京到大船要搭两个多小时的车，实在太远了，路上会耽误太多时间，于是选择了住在宿舍。

台湾的山口百惠

当晚我就搬进了片场的宿舍。

宿舍虽然简陋，不过对一个穷人家的女儿来说，并没有适应上的问题。只是，我还不习惯陌生的环境，以及人在异乡的孤独。

那个宿舍，除了一个管理员外，就只住我一个人。

老旧的木板房间，夏天还好，一到冬天，寒风从缝隙中钻进来。房间里，没有卫浴设备，走到外面的厕所不算太近，走到浴室就嫌远了。而且，公司方面为了让受训的人专心，也不安装电话。

从每天受训的片场到宿舍有一段不短的路。晚上只有一盏路灯，常常让人提心吊胆。冬天，满地积雪，走路还会摔倒。

白天片场非常热闹。晚上大伙儿一走，片场就变得冷清了。

太冷清了，就会有一些幻象，即使只是墙上的壁虎、树丛里飞过的萤火虫、草地上跳出的青蛙，以及各种怪虫的怪叫声，都会让人害怕。尤其，那些古装的场景和道具，夜晚看起来更可怕。

我在那个宿舍住了一年多，单身的姑娘、思乡的情怀、孤独的心。我常站在窗口，看着远方的风景，一颗心却不知飞到了何处，只觉得眼前一片白茫茫。我想到家乡，一片白茫茫的菅芒花。

松竹为我安排的受训长达半年。每天都要到片场上课，课程内容包括日文、表演、礼仪、美姿、插花和穿着和服等，各科老师的要求都非常严格。

那时，我不喜欢学插花和穿和服，觉得没有用。后来我才明白，这些课程可以培养内在的气质。

至于空手道，则是不想学也要学的。那个空手道教练，一点也没有怜香惜玉的绅士风度，出手快准狠，我常被打到爬不起来，有时也会练到肌肉拉伤。

疼痛时，我只好自己安慰自己，小时候常被妈妈打，现在被老师打，越打越有前途。

刚去日本时，我的日语很差劲，只好一边讲一边比。头发中分不会讲，也可以用比的，指着头发中间，左边“莎哟娜拉”，右边“莎哟娜拉”。大家弄懂也就笑了，觉得这个女孩太有趣了。

有一次，导演发脾气，大家就把我推到导演面前，导演看到我一脸慌张的样子，想气也气不出来了。

我来日本时，带了一件当时在台湾相当流行的大红色棉袄，非常抢眼。那件红棉袄虽然是在地摊买的，穿起来却相当有特色，让人一看就知道我是台湾女孩。后来，每次有贵宾到片场参观时，我都被指定要穿那件红棉袄出来亮相。

在松竹有计划的安排下，我不断在日本的报纸、杂志和电视媒体上曝光，慢慢也有了一点知名度。

▲ 在日本受训时

那时，一些报纸和杂志为我写了很多夸大的标题，例如“台湾的山口百惠”、“东南亚最红的女星”等。我的武打技术也被大力吹捧，变成了“李小龙的嫡传弟子”，一个极有潜力的功夫女星。

松竹的宣传也总是把艺人夸得天上有地上无，却又坚持说要做到，结果只能我来扛。

记得有一次的宣传词，我除了是脸蛋漂亮、身材姣好、武术高强、顶尖的歌手、一流的明星之外，擅长钢琴、吉他、芭蕾。这么一说，我就惨了，钢琴和吉他无法速成，芭蕾和游泳却勉强可以在短期内训练出一点样子。因此，松竹就下令对我展开“猛特训”，两星期之后再安排采访和拍照。

学芭蕾的时候，我踮着脚尖练习走路、平衡，以及一些基本动作。老师在一旁盯着，我越跳越痛，痛得哭了出来。

至于游泳，我会一点，但不会换气，只会很用力地一直往前游，憋不住气时，就侧身大口吸气，那种表情、那种不知叫什么的姿势，说有多难看就有多难看。老师一看，笑得几乎要倒在地上。

辛苦的半年受训终于熬过去了，我开始拍片。

第一部片子拍了半年多就杀青了，名叫“空手道大战争”。电影是以男演员为主，我的戏不算多，但好在也是两位女主角之一，另一位女主角是日本女星夏树阳子。

在台湾时，我一心相当歌星，却未出过唱片。想不到在日本拍片后，竟然有机会出了第一张唱片，唱的还是电影的主题歌。

后来，我再出了《哀愁的蓝色列车》《功夫悲歌》《忘不了》和《再会吧！ Joe》几张唱片。

当时日本社会很崇洋，我一度被改成了洋名字 Susanna Sue（苏珊娜丝）。

▲ 在日本电视节目上的亮相

前途似乎一片光明，但一个异乡女子，生活的寂寞、受训的艰辛，让我备感孤苦。因此，当有一个男人来呵护我时，就很容易迷失了方向。

在那种环境下，我变得懦弱，忘了初到日本时的雄心大志，只想躲在爱情里，甚至钻进婚姻里，把演艺事业都抛在一旁。

part 3

生命中第一个男人

来到北国的日本，我第一次看到雪时，实在很稀奇。

记得那天又下雪了，好一个诗情画意的美景。只是我没想到，这竟然是左右了我命运的一场雪。

当时看到晶莹剔透的雪，我起了童心，拿个碗跑到片场门口。那里有颗美丽的松树，枝叶上满是细雪，我用手抓起一把雪装进碗里，准备拌糖水来吃。突然我看到一群人拥着一个穿黑西装的高大男人向片场走来。我怕拿碗装雪会被取笑，就一溜烟逃走。

我找了一个靠窗的位子，一边吃冰一边看着窗外，那从天上飘下来的雪花真美，吃在嘴里却冷得我直打哆嗦。

突然有人在背后摸我的头发。我吓一跳，回过头来，看到刚才那个穿黑西装的高大男人对我微笑。这时，片场的人赶快走过来，向那个男人介绍说："她是台湾来的新人，目前正在受训中！"

那男人很正经地说："这样吃冰，肚子会痛哦！"大家一听，也都笑了。

原来那个男人是一个很出名的漫画家，也是一家电影公司的大老板，叫作梶原一骑，出版了连载漫画书，拍成了动画片，以及由真人演出的电影，都非常叫座，例如《巨人之星》《明日之 Joe》《极真空手道》等。

在日本，梶原一骑赢得了一个“剧画天皇”的称号。他还自组电影公司，与松竹株式会社的社长成了好友。后来他还经营摔角、拳击、相扑秀。

本以为只是一面之缘，没想到十几天后，梶原一骑又来了。

当时我正吃着便当，看着窗外的雪花。突然有人说：“你又在这里，等一下还要吃冰吗？”

我愣了一下，才想到这个人是梶原一骑，连忙打个招呼。他看了一下我手上的便当说：“饭冷了，到餐厅去吃吧！”

日本菜本来没有卤蛋，他知道台湾菜有卤蛋，为了讨好我这个台湾来的女孩，特别叫厨房煮了一个。

我看到卤蛋非常高兴，拿起筷子一插就吃了起来。

此后梶原一骑就常来片场看我，从一星期来一次，到两三天来一次，每次还会从东京带点好吃的东西来。

这样，四五个月过去了，一个中年男子，一个年轻女孩，两人常走在一起，有说有笑，却没有惹来什么闲话。因为大家都觉得梶原一骑只是把我当成小妹妹看待而已，连我自己也是这么想的。有时候这个大哥哥还会逗小妹妹，小妹妹也从不害羞。

梶原一骑："你怕不怕我？"

我："我不怕！"

梶原一骑很高兴，觉得这个女孩子很特别。因为他讲话，别人向来不敢随意回答。

当时，我参与演出的《空手道大战争》很卖座，松竹公司指定我接着再拍一部《四角形的格斗技》。

电影拍摄结束后，梶原一骑便开始带我出去玩。

本来松竹的规定很严，住在宿舍的演员不能随便外出，不过梶原一骑是社长的朋友，也就特别通融了。

而对我来说，宿舍生活一成不变，枯燥的日子无聊死了。因此，谁能带我出去玩，谁就是最好的人。

那时，跟着梶原一骑出去玩是很风光的一件事。一辆奔驰车，我们两人坐在后座，前座是司机跟保镖，后面还跟着另一辆车，载着经纪人和其他随从。

我们去过东京铁塔和一些风景区，也去参观电视台。

有一次，我们经过游乐园，我起了童心，想要进去玩。我坐着云霄飞车玩得不亦乐乎，梶原一骑也跟着一起玩，他非常开心，可能是一个大男人玩小孩子的游戏，觉得自己也瞬间变年轻了。

▲ 梶原一骑（右一）来录音棚看冰冰姐录音

有时候，梶原一骑也会带我去逛商店。但是节俭的我从来不买，这让他更加觉得我跟其他女孩不一样。

我们感情在发展，很奇怪，不像是在恋爱，到更像是一对好朋友。

事实上，我的日语程度不是很好，与梶原一骑在沟通上还有一些困难。但我对他似乎有一种既崇拜又畏惧的心理，所以不管他说什么，我大都是回答："嗨！"

有时梶原一骑和朋友去喝酒，也会带我一起去。一到风月场所，他便挥金如土。小姐们对他投怀送抱，他也乐得左拥右抱。

梶原一骑接触的女人，大都是身材姣好、容貌艳丽，他似乎就是喜欢这一类的女人。而且他可能也觉得越是风流，越能展现大男人的气概。

这些，我看在眼里，觉得很好玩。我也很好奇，这么多漂亮的女人，为什么会聚集在这样的场所任由男人上下其手。

而夜店的小姐们看到梶原一骑带着一个可爱的台湾小妹，又这么疼爱我，也都想过来巴结，说一些好话，送一些小礼物。有时候，小姐们还会请我唱歌，给我热烈的掌声，对我极尽奉迎。

当时在我的心里，梶原一骑就是一个很照顾我的大哥哥和大老板，也是一个大我将近二十岁的长辈，从来没想到，梶原一骑会渐渐对我产生感情。

我们结婚吧

转眼八个多月过去了。在梶原一骑电影公司的办公室里，他突然对我说：“结婚吧！”

我愣了一下。梶原一骑伸出手指比着我，再比着他自己又说了一次：“结婚吧！”

这次我听懂了，低下头，不自觉地说：“嗨！”

结婚，那是人生一项重大的抉择。我才二十出头，才要开创演艺事业，为什么要嫁给一个大我那么多岁又离过婚的男人呢？

或许，我真的没有说不的余地。从小，我穷、被人看不起，现在遇到一个这么有钱、这么尊贵的男人，我很难抗拒。何况，我从来就不敢抗拒这个让人又敬又怕的男人。

我要结婚了！

当松竹的社长听到我说出这句话，吓了一跳。他把手上的茶杯往桌上一顿，茶水溢了出来。然后，社长开始大声说道：“我们和你签了三年合约，在你身上投资了很多钱，我们可以告你，要你赔很多很多的钱，赔到你七八十岁了还赔不完……”

我不知如何是好，就哭了出来。

社长看到我哭，心就软了说：“对不起，我不是故意对你凶的，实在是听到你这么说，太意外了！”

接着，社长又劝说：“别傻了，事业要紧，等你走红了，想要嫁谁都有机会，别被人骗了！”

当时我一愣，社长跟梶原一骑是好朋友，他为什么要这么说？他是不是在暗示什么？但当时的我已经被结婚这个念头冲昏了大脑。在我的心里，一旦结婚了，我在异国孤独苦闷的生活就结束了。我渴望有一个温暖的家庭，这比什么都重要。

就在这时候，梶原一骑打电话来找社长，社长先是骂了一句：“搞什么名堂？”接着两人就在电话里吵了起来。

社长不知讲了多久，终于挂了电话，两手一摊，再和我握一下手叫了一声：“奥样！”（夫人的尊称）

那一声“奥样”，让我彻底忘记了自己来日本最初的目的。

几天后，梶原一骑带着我去买结婚钻戒。在银座一家顶级的珠宝店里，各式各样绚丽的钻戒，不管多么昂贵，任由未来的“夫人”挑选。我觉得自己年纪小，戴大的不好看，就挑了一个小的，大家都笑我好傻。

消息也很快传了出去。

梶原一骑准备结婚，娶一个台湾来的年轻女星，那是一条大新闻，媒体开始大肆报道。很快，婚礼在东京第一流的帝国饭店举行，很多出版界、电影界和娱乐界人士都来祝贺，非常热闹。

那天，我穿着和服，一直跪着，跪到站不起来，实在难以适应。当时沉浸在幸福中的我完全没有想到，在我当了日本的“夫人”后，就像穿着和服一样，也是很难适应的。

千古难题——婆媳关系

结婚后，梶原一骑照常应酬、风流。但是我成为一个家庭的女主人，心态上变了，对丈夫的看法也就不一样了。看到丈夫经常晚上不回家，刚开始还可以忍耐，慢慢就无法忍受了。

一开始，我偶尔还会跟着梶原一骑去酒廊，但是我这位小妹妹已经变成“夫人”，大概是女人的忌妒心理，小姐们也就不再讨好我了。

对于我而言，既然已经成为是梶原一骑的夫人，就必须端庄一点，也就不能再随便说笑和玩乐了。结果那一整夜我就是坐着，小姐们除了表面上应有的礼貌敷衍之外，没人再理我。后来，我就不想再跟着去酒廊了。

婚后，我也常会接到女人打来找我丈夫的电话。婚后第三个月，我和梶原一骑去夏威夷的别墅度蜜月，竟然也有女人打电话来。

我觉得受不了，就会吵闹、发脾气说：“我们结婚了，你怎么还是这样？”

这时，梶原一骑也觉得受不了说：“我一直都是这样，你本来就知道的，我没变，你却变得不可爱了！”

或许没错，梶原一骑一直没变，只是我自己在婚前和婚后的身份变了，看法也变了。我有时候甚至会反省，是否自己真的管得太多。但转念一想，估计任何一个新婚妻子，都没法忍受丈夫的花心吧。

除了跟丈夫的关系不和睦之外，婆婆的威严，也让我害怕。文化和风俗上的差异，更给我带来不少困扰。

婚后在家的第一餐，吃饭时我主动帮大家添饭、拿筷子。想不到，婆婆来到饭桌前，坐下来看了一眼，脸色就变了，把我添好的饭倒回去，换了一个碗再重添一次。原来日本家庭的传统规矩，吃饭时每个人都有一定的位子，以及大小或颜色不同的专用饭碗和筷子，不能随便搞混。

那一顿饭，我没吃几口，一直努力地在认每个人的饭碗和筷子，希望下次别再弄错。

另外，婆婆还认为，男人晚上出去应酬不回家，代表事业很忙，那是女人的面子。因此，每次我倚门盼望丈夫回家时，婆婆告诉我，不能这样，否则会被用人取笑。

每天婆婆泡茶时，我也要跪在一旁学习。泡茶的时间很长，茶也不错，但是我的心里只有不安，一直在想，婆婆可能会问些什么，我又应该怎么回答呢？

梶原一骑的第一段婚姻留下了3个孩子，当时怀抱着少女心的我，却要担任3个小孩的继母。上有婆婆、下有晚辈，再加上在婆婆的熏陶之下，家里全是态度严谨、不苟言笑的用人，这一切都让我觉得倍感压力。

我终于了解什么叫门当户对，穷困乡村出生的我，嫁入传统日本的贵族家庭，结果就是整天的手足无措，做什么都不对。

终于有一天，盼得家里没人在，我童心大起，看到和室的塌塌米上堆了一迭坐垫，我想起每天跪坐在上面，站起来的时候腿都麻痹了，有时站都站不起来，想起来就有气，于是以助跑的方式往整迭垫子上飞扑，垫子顺势滑下来，我重新整理好再飞扑一次，觉得这样好像就发泄了一些情绪，玩得不亦乐乎。

当我飞扑第三次的时候，后面突然传来尖锐的声音："你在干什么？"惊吓的我转头一看，心头一紧："哇！是婆婆！"

接下来自然是不可避免的一顿训斥。

尔后好几天，我见到婆婆就躲得远远的，虽然知道是自己的错，但我真的只是一个大孩子，难怪有句话说有钱人的饭碗不容易端，意思就是有钱人的媳妇不好当。我个人的境遇就是门不当户不对的典型例子。

有一天，梶原一骑打电话告诉我，下班后会带我去参加一个 party，我高兴得差点跳起来。

我以为这个所谓的 party 就是我读书的时候参加的那类普通舞会。因此我做了最炫酷的打扮，穿了有铆钉的牛仔裤，再穿上当时很流行的钉鞋，就是走路会有“锵、锵、锵”声音的鞋子，再背一个当时最流行的流苏包，自以为很酷。

梶原一骑回到家，看到我那一身打扮差点没昏倒：“你怎么穿成这样，那是一个很高级的宴会，你赶快在五分钟内换一套得体的衣服出来！”

一路上，我和他都没讲话，他很生气，气我怎么那么土，我也气他没把事情说清楚。

车子飞奔到达宴会现场，是在一间大饭店的宴会厅，现场冠盖云集，很多人过来打招呼，大家称我为夫人，穿着长礼服的我礼貌地响应大家，战战兢兢地跟在梶原一骑身旁生怕出错，但糗事还是发生了。

当时，梶原一骑被请上台说话，致词完毕并没有马上回到我身旁，而是跟着大家寒暄，这时候服务生把 buffet 的餐点盖子全部打开，各式各样的高级料理一字排开，让我看傻了眼，

◀婚后的冰冰姐

更觉得饥肠辘辘，看到大家开始排队拿盘子取餐点，我往远处一瞄，梶原一骑还在与人招呼，我只好加入取餐行列。

当我取好餐正准备大快朵颐的时候，有人拿着高脚杯来向我敬酒。当时拿着满满餐点的我，一时手足无措，就近把右手的筷子放到左手盘子底下的指缝中，赶忙端起一杯酒向之回礼。这一幕被梶原一骑看到了，他当时一句话也没说，但回程的时候却对我喋喋不休、碎念不断，并且越念越生气。

他说我应该把手中的盘筷都先放下，然后举起酒杯与人敬酒，而不是把筷子夹在指缝中，实在太不合礼数了，还说别人的盘子都是少少的几样点缀，而你却是尖尖的一盘，你少点老土行不行？又不是饿鬼出身，那餐不吃会死啊！

这些话句句打击到我心灵深处。我不但是饿鬼，还是个穷鬼，害他丢脸。我想要跟他争吵，却不知道说些什么，只能强忍难过，一言不发。

结果回家以后，他反而不生气了，当作笑话讲给婆婆听，婆婆听了以后并没有一起笑，而是皱着眉头看向我。那一霎间我像个做错事的孩子，看着婆婆的眼神，读着她的心事，感觉她的眼神好像充满了轻藐与鄙视。那几天我与家人一起吃饭时，婆婆还会刻意再教我一些礼节，我知道这是她的善意，但穷人家自由自在习惯的我，实在觉得难过，感觉自己的自尊心受到了伤害。

渐行渐远的婚姻关系

平日里梶原一骑习惯在大餐厅吃饭，我一直想让他体验一下普通人的生活。有一次，好不容易把梶原一骑拉去路边摊吃面，他吃得满身大汗，十分烦躁，一直说："这有什么好吃的，没水平！"这句话，伤了我的心，也伤了卖面老板的心。

我还在松竹电影公司时，每个月领薪水，松竹都会固定帮我寄钱回台湾，结果我结婚离开松竹，反而没有钱寄回台湾了。梶原一骑明知我的娘家很穷，却从不主动关心，我为了自尊心，虽然很担心娘家的状况，却也不愿开口去要钱。

有一次，梶原一骑带我外出，喝了不少酒。在回家的路上，司机阿部开车经过一条很窄的巷子，有一个老人推着卖面的摊子，把路挡住了。

梶原一骑很不耐烦，从后座伸手到前座去按喇叭。那个老人还是走不快，梶原一骑就叫阿部下去赶。

当时，阿部也觉得这样很没礼貌，不知如何是好。想不到，梶原一骑自己走下车，很粗鲁的把老人推到墙边，居然举起拳头要打人。

我看了也赶快下车，想去拉住他。结果，梶原一骑反手一挥，力道太大，把我推倒了。

他发现把我推倒后，放弃了打人的念头，走过来扶起我。那时，围观的人越来越多，我已经气得说不出话来。

回家后，我们吵了一架。

我说："不应该欺负穷人。"

梶原一骑却说："穷人不值得同情，不会赚钱都是愚笨或是不够努力，就是低等的人。"

他从来就没有苦过，根本不会懂得同情穷人，而贫苦家庭出身的我，很多做法和想法也是他所不能理解的。这时我才强烈的意识到，我们的结合是多么的草率。

结婚半年后，梶原一骑开始发展摔角、拳击、相扑秀的事业，也就与黑道挂钩了。每次，梶原一骑在与黑道兄弟谈话时，就会叫我回避。

我曾经也想过去改变梶原一骑，但一次又一次的尝试失败后，我开始明白这是不可能完成的事，谁也无法改变这个自认尊贵的男人。慢慢地，我们两人的关系渐行渐远。

我的内心甚至开始盘算，要如何跟他谈分手，因为我真的开始厌倦这种生活，内心也无比的想家。我想要回台湾，回到父母的身边。什么富贵的生活，什么明星的梦想，对我而言已经不重要了，我只想要离开这里。

可是就在此时，我发现自己怀孕了。

这件事让我内心彷徨不已。该如何是好呢？若把孩子生下来，我这辈子势必会留在日本，继续过着生活富裕、精神贫穷的日子，若不要孩子，我该如何处理？他们会同意吗？

考虑再三，我决定跟梶原一骑好好谈谈。

好几次等到深夜，才等到他回来，但已经烂醉的他实在不适合讨论事情。偶尔清醒的回来，他一到家便回到书房拿起画笔创作，就算我有满腹的话要说，也不想去打扰他难得的工作兴致。结果这件事就一天天的耽误下来。

锐利的婆婆发现我有心事，她说那一阵子的我没有了平常的活泼，而是整天愁眉不展，爱吃的我也少了看到食物而喜悦的情绪，女人的敏锐让她开口问我有什么事？而我话还没有出口就泪流满面，低头哭泣。

婆婆追问我到底怎么了，我啜泣着告诉她：“我怀孕了，该怎么办？”

婆婆一听，立刻大声呼喊先生到客厅来商量。让人失望的是，先生的态度是这个孩子可有可无，因为先生与前妻的三个孩子都已经十五六岁了，平常总和我玩在一起。先生带着我们出门，旁人都以为先生带着四个孩子出来玩。

好在婆婆是重视生命的，认为是他们家的血脉，既然是上天注定要给他们的，就应该珍惜，还吩咐我往后不要蹦蹦跳跳、不要再做飞扑坐垫的事了。那一霎间，我发现婆婆严肃的背后，有她尊重生命善良的一面。

怀孕的我，期待家人的温暖与关怀。

看着渐渐隆起的肚子，悄悄爬到脸上的黑斑，我以为先生会因此收敛一些，结果他还是三天一大醉，两天一小醉，偶尔还把外面的女明星带回家里做客。

有一次，先生告诉我要送女明星回家，但当晚就没回来，深夜坐在客厅等候他的我，望着窗外的星星，忽然不知道自己是谁，为什么在这里?

我伤心地对肚子里的宝宝说:“很抱歉，我并没有期待你来，你会怪我吗?”因为那样的境遇让我完全没有信心以后可以保证宝宝有个快乐美满的家庭。

我记得小时候唱过一首童谣：“天这么黑、风这么大，爸爸捕鱼去，为什么还不回家?”是的，也许她爸爸也正在捕鱼，捕的是美人鱼。

若是爸爸常常不回家，我们要如何快乐幸福呢?

又是个下雪的日子，墙上挂钟敲了十二下。

深夜十二点了，老公又没回家，我心血来潮，端起电饭锅，特意为他炖的一锅香菇鸡汤，决定到他的工作室看看。心里还侥幸地想着，他是认真埋首写稿而忘了时间。

搭着出租车到了公司，我请司机等我一下。进了公司，我发现警卫室都是暗的，办公室也空无一人。正当我失望的打算回家时，黑暗中突然听到车库门打开，一辆车从车库开了出来，车正是我先生的。

我一阵欣喜，正要叫住他，没想到车子一阵风似的从出租车旁开过去。我对着车挥手，他不知道是否没有看到，车并没停下来。我立刻泡上出租车，请司机跟着追。

车子的行径方向并非回家的路线，我怀中抱着热腾腾的香菇鸡汤，怀疑他到底要去哪里？经过十几分钟，他的车子停在赤坂Hotel New Japan的门口。他和一个美丽的女人一起下车，俩人亲密无比，我先生还顺势搂住了女人的腰，往饭店内走去。那个女人我认得，是一位当红的女明星。

我的心似被尖刃划过，痛到极点。但我还继续侥幸地想，他们只是去酒吧喝酒，只是普通的应酬……我在车里等候，时间一分一秒地过去，司机大概也明白了什么事，问我要怎么办，我能怎么办？我也不知道要怎么办。

考虑了一下，我请司机继续等待，却被他拒绝了，说交车的时间已到。

不得已，我带着破釜沉舟的心把车钱付了，鸡汤也送给了司机。下车时司机跟我道谢，谢谢我的鸡汤，问我锅子怎么还给我？我没有回答，挥挥手走了进去。

先往酒吧走，已经打烊了，唯一能解释的，就是酒吧楼上的房间，我忍住澎湃的情绪到柜台询问："请问梶原一骑先生住哪间房？"

柜台人员当然不可能告诉我，我临机一动，想到奢侈的他一定是住大套房，就说："我是梶原先生电影公司的会计，他要我送钱过来，而且要我不要打扰他，请你们帮忙开门，我直接把钱放在套房客厅桌上就离开。"

跟我一样年轻的柜台员想必也是社会经验不足，真的带我上楼。当他打开门之际，我怒气冲冲地冲进去，眼前的景象让我血液往头顶冲，感觉好像大脑瞬间都要爆炸了。

时间好像停止了，我的心在淌血，眼前是我的丈夫搂着美女明星正在床上。

震惊、错愕、痛心的我不知该用什么态度面对。刚开口，泪水一流，话就哽住了。我拼尽全力抚平情绪："你都将要当爸爸了，何以如此对待我？"

梶原只是冷冷的对我说："你回去吧！"

又是一阵静默，女明星拉着白色床单盖着裸体，一点也没有抱歉的感觉，冷漠地看着我，也冷冷地对梶原说："你不是说要跟这个支那女人离婚吗？怎么搞成这个样子！"

那一刹那我觉得受到莫大的污辱，国仇家恨一起涌上心头，原来他们在背后都称呼我为支那女人吗？如此充满嘲弄与轻视的称呼！

这对男女做错了事，还这么理所当然，还如此出言不逊！这婚姻地位的不对等何以为甚！这段感情还有何可寄！

这时我的脑中突然浮现松竹电影公司社长语重心长的话：“别傻了，事业要紧，等你走红了，想要嫁谁都有机会，别被人骗了！”

这时懊悔已经来不及了，一切都是我自己的选择。

想到这些，我崩溃痛哭。旁边的柜台人员措手不及，而床上的两个男女依然漠然以对。

这场骚动引来了旅馆的内部人员，在他们的安抚下，大脑里一片空白的我哭泣着离开了。

我走出旅馆站在门外，以为被捉奸的丈夫会追出来，结果并非如此，想必他此时正在努力安抚那位女明星吧。

我一个人哭着走在深夜的雪地上，命运弄人，第一次遇见梶原一骑时下大雪，那时候的我天真无邪又可爱，今天又是一场大雪，可是一切都不一样了，这时候的我，沧桑无助又可怜。

刚走出旅馆时，心中一股怒气，还不觉得太冷。傻傻地在旅馆外等待几个钟头后，他还是没出现。

我挺着大肚子站在雪中，天上不断地飘着雪，雪花落在脸上化成了水。我的脸颊全都湿漉漉的，已经不知是雪还是泪……

不知站了多久，直到积雪盖到我的短筒马靴。此刻的我已经冻得嘴唇发紫，全身麻木。这时一辆出租车开过来，我钻进出租车，勉强回过头向窗外看了一眼，我所托付的男人，居然可以抛开已经怀孕的妻子不顾，一直在外寻欢作乐；居然可以冷漠地看着大着肚子的妻子气愤离去，却完全不去挽留，而是继续跟别的女人厮混……经此一役，我对他再无任何念想。

凌晨回到家里，一进门看到家里的司机阿部，万般委屈涌上心头。

我"哇！"的一声哭了出来。

阿部看到我这模样，赶快去拿棉被把我包起来，再跑去浴室放热水。当我的脚泡进水里时，冻伤的脚碰到热水产生爆裂痛楚的感觉，耳边仿佛传来"滋"的声音，这时候脚暖了，心凉了……

这段婚姻生活，我一直是委屈的。委屈也就罢了，现在慢慢的上升到了人格和尊严地双重被侮，这样的婚姻关系还留着做什么？我还留在这里着做什么？

从浴室出来，我便对阿部说："我想回台湾！"

想不到阿部竟然回答："嗨！"接着问："什么时候？"

我说："现在！"

拿了护照，也没带什么行李，慌忙坐上车前往机场。车上我才想起身上没钱，就对阿部说：“我没带钱怎么办？”

阿部说：“没问题，我有！”

清晨五点到了机场，坐在航空公司柜台边的椅子上等着。等到开始办登机作业，阿部拿钱出来买机票，一家航空公司没位子，又换了另一家，才被列入候补名单。

上午九点，终于有位子。

这一刻我才真的意识到，我就要离开东京了，离开这个曾经承载了我的梦想和痛苦的地方。

我握着阿部的手跟他说：“谢谢您，您真是我生命中的恩人！回到台湾我再寄钱还你！”

阿部红着眼眶说：“夫人，你太可怜了，真的不要还我钱。”

告别了阿部，我踏上了归途。

飞机上，我不吃不喝，整个人陷入了沉思。回想过去，这场虚荣的婚姻带给我的只有无尽的伤害，但这都是我自己的选择，怨不得他人……

飞机降落，终于看到台北机场的跑道，在着陆的那一刹那，机舱里拨放着邓丽君的歌曲《空港》，我顾不得别人的侧目，忍不住哭了出来，我的青春、我的明星梦、我的爱情梦……一切都成为过去了。

回到台湾后，我一直担心如果梶原一骑知道是阿部送我离开日本，一定会狠狠打他。但在那个通讯科技不昌明的年代，一切信息都得用通信或打办公室或家用电话，偷偷离开日本的我，根本就没有可以与阿部联系的渠道。从此，我也失去了跟他的联系，在此祝福他一生平安。

后来，我也有思考过自己这段婚姻失败的原因，总的来说，当时的我实在年轻气盛，少不经事，对婚姻和结婚对象的选择都太过草率，这样的因素导致我的婚姻从一开始就注定不会幸福。

但我个人认为，真正导致我们这段婚姻结束的根本原因，还是门不当户不对。

在我的理解里，门当户对不仅仅是指双方的家庭条件，这里面还应该包含两人的文化背景、人生态度、性格理念等。

梶原一骑非常尊重他的妈妈，也就是我的婆婆。在他的思想里，我婆婆那样的女人，就是他梦想中的、门当户对的完美妻子。所以，如果当初我能做到像我婆婆那样，以男人早出晚归为荣，并对男人在外面的一切不闻不问，或许我的婚姻也可以顺利的续存。但正因为我不是那样的女人，我没办法把自己调整成为梶原一骑理想中的夫人，所以我们的婚姻没有办法继续。

在《西厢记》里，女主角崔莺莺爱上了穷书生，不被家长祝福，硬生生拆散了他们，崔莺莺母亲觉得他们门不当户不对。当时看戏的我们也看得义愤填膺，现在想来，女主角父母的门户之见并非完全错误，的确，两个成长环境、过程、经历、文化、习俗、思想、经济能力都不对等的男女，相处在一起肯定会有很多的扞格之处，就如灰姑娘的故事，也只演到幸福的嫁给了王子，之后到底有没有幸福呢？谁知道。

part 4

一切又回到原点

我挺着大肚子，回到台北爸妈租的房子。这时候的我一无所有，能够接纳我的也就只有自己的家人了。

当时看到大着肚子突然出现的我，爸爸妈妈都以为我只是回来住几天，问我什么时候再回去日本？我回答说，从今以后都不会去了。

爸妈非常震惊，一问再问，看我难过得说不出话，也就不再说什么了。

这期间，梶原一骑不断到台湾找我，我一直逃避。因为我已下定决心，不想再看到这个男人了。

穷苦的我没有办法搬家，因此只要梶原一骑来按电铃的时候，我就往房里躲。父母告诉他我出去工作了，他并不相信，认为我大腹便便怎么可能去工作，父亲说："没工作怎么办？生孩子要钱啊！她去日本这么多年，本来在松竹电影公司受训的时候，还有薪水寄回来，自从嫁给你这个有钱人，不但从此没有寄钱回来，还落的一身沧桑回来，我们当父母的，不能保护她，真的很惭愧，你来找她，就算她愿意跟你走，我这个当父亲的态度是不同意的，也舍不得让她这么做。”

自觉理亏的梶原当下拿出一沓现金，向父亲致意，但穷困却有志气的父亲回绝他的好意，梶原也只好默默离开了。

他走了以后，父亲告诉我：“他会专程再来找你，肯定是对你还有心，孩子是不能没有父亲的，你不愿意再考虑一下吗？”

我诧异父亲的说法，问他：“你刚才不是很决绝地要他断念吗？”

父亲说：“我以男人的角度看事情，说法虽然硬了些，还是希望他能悔改，你能有幸福。”

我摇了摇头：“不合脚的鞋子，穿了会脚痛，继续穿，走更远，脚更痛，既然决定丢弃了，就不要捡回来了，我不相信楦头已经做坏的鞋子还能修改！”

父亲默然。

一切又都回到从前，这个家还是一样穷，我顾不得快要生产的大肚子，决定出去找工作。

但人家看到我，第一句话就说：“大肚子喔，不行啦，你要保重喔！”

多次的求职失败，让我看着自己的大肚子就来气。这是一段不幸婚姻的烙印，一场痛苦经历的回忆，既然爱情没有了，也就什么也不想留下了。

但命中注定的孩子，是跑不掉的。

我试过一些流产的方法，例如用力打肩膀，用力跑、跳、碰，结果都没有用。

最后，我想到堕胎，就去找医生。不过，七个多月的身孕了，小医院不敢做，就叫我去找大医院。

我来到了荣总，提出堕胎的要求。

医生开口就问："你真的要拿掉？"

我跟医生说："离婚了，生下来很麻烦！"

"要不要再考虑一下！"

"不必了！"

医生不再说话，叫我躺下来，问："要不要听一下胎儿的心跳？"

"不要！"

"你听听看！"

然后，我听到了胎儿的心跳，那是一个小生命的跳动，我哭了，那是我的血脉啊！

这时，医生告诉我："胎儿都成形了，你要杀生吗？生下来再说好吗？"

我不加思考就点了头。

回家途中，我摸着肚子，一种不寻常的感觉。还能感觉胎儿在我肚子里滚来滚去，身为母亲的责任感油然升起。

▲ 怀着孩子，一个人独自面对

我决定要生了，但是生产的钱在哪里呢？为了有钱生孩子，我只好再出去找工作。

但哪个老板会要一个孕妇呢？

目前这个样子不可能上台唱歌，于是我去应征接线生听电话的工作。本来面试官很满意我的一切条件，但看到我大腹便便，随口问我几个月了？我说还有三个月就要生产，这句话一说出来，工作就没了。因为面试官说无法接受一个刚进公司三个月就得再请假一个月的员工，虽然我表示生完就赶快回来上班，他们还是不同意。

尔后，我去车站应征售票员的工作，他们看我的身形，立刻就回绝我，而且善意地对我说：“这里天天有大型车辆来来去去，排放大量废气，对孕妇不好。”

东找西找，最后找到了“第一酒店”的徐总经理，我肯求他：“徐总，我很需要工作！”

“这里是卖头卖脸的，怎么可能呢？”

我无言以对，转身要走。

突然，徐总叫住我，说：“明天来上班吧！”

我当即高兴得都快哭出来了，不断感谢他的慈悲。

在“第一酒店”，我因怀孕不能上台，就在后台报幕，算是一种不露面的主持人。

生活总算有了着落，就这样，我一直工作到临盆。

为了孩子，一定要坚强

临产那天，在产房里医护人员要找我的家人签手术同意书，我告诉他们我是一个人来的。

我自己签了手术同意书，爬上了手术台。接受麻醉之后，我感觉到手术刀往我肚皮划下去，直到听见婴儿的哭声，我才昏了过去。

醒来后，护士小姐告诉我生了一个女婴，体重两千八百公克，一切还算正常，不过得了黄疸，正在保温箱中，她还说剖腹产要等放气后才能吃东西。

我一个躺在病床上，吊着点滴，连翻身都很困难。听着别人有说有笑，闻到一阵阵食物的香味，还看到有一个老公在帮老婆擦背。那一刻，我多么希望有一个人在身边陪着我，即使他什么都不做，只是静静的陪着我，也就足够了。

但这都是奢望，我的父亲为了生活，继续在酒瓶厂捡废瓶工作；本来对我就不重视的母亲，也不见人影；兄弟姐妹各为自己的家庭、工作、或学业忙碌……没人会来看我。

那三天我度日如年，那三天我的眼眶湿了又干……在我的心里，别的已经不再重要，我只是想要赶快看到我的孩子。在这个世界上，只有她才是真正属于我的，只要她才能让我感觉到以后的人生还有意义。

三天后的晚上，我的肚子放气了，护理师告诉我可以吃东西了。

但我可以吃什么，我身上没什么钱，肚子上的伤口也很疼，不能自己出去买东西。

第四天清晨醒来，我看到自己的病床桌上有一碗热腾腾的粥。不知道是哪位好心人看我可怜留下的，我吃了一口热粥，眼泪再也收不住，齐齐的全落进了热粥里。

吃完东西，我感觉自己体力恢复了很多，于是迫不及待赶快下床去保温箱看我的孩子。

当我抱着红通通的弱小孩子时，我觉得我抱着的是自己的整个世界。因为黄疸还未退，她全身红红黄黄的、瘦瘦的，再看看她的脸颊，初期我觉得不像我，小小的眼睛比较像她的父亲，酷似梶原的小小面孔，令我又爱又恨。

她是我的孩子，她是我历经千辛万苦生下来的，是我克服各种困难得来的宝贝。而今，看到她，我除了激动和开心，更担心我要用什么能力把她养大？

我生产时只请了一个星期的假。出院后，我没有坐月子，短暂休息了几天后，我把孩子拜托给了母亲，就继续回去工作了。

我本来一天演出三场，中午一场，晚上两场，为了多赚点钱，我又去别的歌厅演出午夜场。因为涨奶，我常常会把上衣弄脏，这很影响工作，为了不失去这份得来不易的机会，我只好去打了退奶针。

为了多赚点钱还掉因为生孩子借下的债，也为了帮孩子赚奶粉钱，什么苦我都得忍下来。

那时，每天的工作是无法形容的忙碌。白天妈妈帮忙带孩子时，为了能多点时间干活，她总会哄孩子睡觉，等到深夜我回家把孩子接过来自己带时,孩子却不睡觉了,开始玩耍或哭闹。

白天工作一整天的我已经很疲累，但夜里还常常被孩子吵到天亮。最后，孩子哭，我也哭，俩人哭成了一团。

▲ 各类演出照

因为工作繁忙，我一直忽视孩子吐奶的问题，直到后来发展成喷射性吐奶，我才意识到问题的严重性。她越来越瘦，一张脸都快要变成骷髅头。家附近的小诊所完全找不到原因，我只能带着她去到各大医院，几乎遍寻名医后才知道这是胃幽门阻塞。

当年台湾没有医保，给孩子治疗这个病又花了一大笔钱。我愈加的穷困，时常为了房租、生活费、孩子的奶粉钱烦恼。

有一天孩子的奶粉罐见底了，我打了退奶针也没奶水可喂，孩子饿得直哭，我抱着她也跟着哭。这时一通电话打来，有人接了喜宴的晚会，突然疾病无法履约，问我是否能临时救火。我喜出望外，赶忙答应。

等我飞车到达现场时，宴会已即将结束，客人慢慢离席中。我生怕好不容易赶来了，若来不及唱领不到钱怎么办？情急之后，我大叫：“我来了！”拨开要离席的客人就往前冲，路被挡住了，就往空的桌椅跳过去，那情景真像电影中的侠女，还能飞檐走壁，硬是挤上台唱了两首歌，不但领了钱，也等于帮那女歌手履行合约，现在想来，不禁令人莞尔。

领到钱后，我又飞车赶回家附近的杂货店，但是店门已关，我急促地敲门，店老板在屋内回应说：“明天再来！”

天，小孩的肚子哪能等到明天？我不住地哀求：“拜托啦！小孩挨不了饿。请你发发善心……”

老板终于臭着脸来开门，卖了我一罐奶粉。

抱着奶粉走在路上的我，在心里许了一个承诺：“孩子，妈妈绝对不会让你饿肚子的，也请你要健康的乖乖长大！”

现在，我一直在关注台北市单亲家庭协会。目前的社会形态，“单亲”这名词不全然代表女性，现在也有很多可怜又勇敢的单亲爸爸，我常去为他们演讲或心灵辅导或提供就业机会。

记得有一次趁着做节目之便，我邀请了很多有名小吃摊的经营者，有蚵仔面线业者、有烤地瓜业者、有卖卤肉饭业者，他们热心的到协会去教授小吃的烹饪及经营方法，看着一些单亲爸爸妈妈努力学习,修课终了时,因获得学习的满足喜悦笑容,我的心灵也跟着富足。

那一次的就业训练,成就了12位单亲家长在各地经营小吃。我偶尔专程探访他们的经营成果，还会受到他们的热情款待，为了付账简直上演追逐记。每次我都已经付完钱上车了，他们还会趁着我开车窗说再见之际，又把钱丢进车里，我急忙捡起再丢出去，车子急驶离开，回头看着单亲爸妈们蹲下捡钱，然后对着远离的车子不断地挥手鞠躬，我心中也满满的感动，不但肚子饱足，精神也好满足。

他们真的实现了我说的那句话：“莫用泪水博取同情，要用汗水赢得掌声”。以此与大家共勉之。

“晓燕”这个名字，意思就是破晓时分的燕子，看来文雅，却有一个心酸的故事。

原来，孩子刚出生时，每天夜里都会哭闹，经常一直闹到清晨。

疲累的我每夜都无法入睡，到了天亮时，就听到燕子飞来阳台的叫声。所以我把孩子的名字，取为白晓燕。

晓燕上小学时，有一次被同学打，回家找我诉苦，我开玩笑地说：“打输了还敢回家哭，你打回去啊！”

晓燕回答：“我超想打他，但是他爸爸长得很高大，如果他叫他爸爸来打我怎么办？”

我说：“你爸爸也很高大，又会跆拳道跟空手道，不用怕他啊！"

晓燕说：“可是他爸爸在他家呀！我爸爸在哪里呢？”

我听了一阵心酸，实在不知如何回答。没有父亲，在孩子心目中就是缺乏安全感。为了能弥补这个缺憾，我平时都尽可能的多花时间陪伴她，还会给她讲一些我自己小时候或者朋友小时候的故事，告诉她一定要学会坚强、学会自己保护自己。

我常常分析单亲与双亲的多重意义与晓燕分享，我的理论是有双亲的照顾固然幸福，但也代表你要接受双亲的压力，而单亲并不全然是单亲，我觉得应该称为“多亲”，因为少了爸爸或妈妈，自然会与原生家庭更亲密一点，所以会得到爷爷奶奶或外公外婆、或叔叔、伯伯、姑姑或阿姨、舅舅等人更多的关照，得到的爱并不比一般人少。

其实单亲家庭的家长，最需要注意的就是小孩子的心态，与孩子沟通的时候就告诉她，心态一定要健康，不以单亲这个特殊名号去做任何特立独行的事，不允许社会对我们贴标签，但我们也绝对要自重，才会得到人们的尊重。

尤其孩子的人际关系，我们更要特别小心的帮忙维护。

有一次我发现晓燕有一本小小的账册，里面竟然记录着她欠了某个同学三千六百元整，询问之后才明白原来是他们班上的霸王，常常要晓燕为他做一些杂事，若有不从就要罚款，最后罚款竟然累计到了三千六百元，晓燕哭求我不要去学校找老师，她怕会受到报复。我一面安抚晓燕，一面告诉她请相信妈妈处理事情的方法。

得到晓燕的允许后，我到学校单独约了那个霸王同学，我诚恳地跟他说："我身为单亲家庭的家长，有很多的苦处及难处。我不但要母兼父职在外打拼赚钱，更要善尽母亲的责任，而我半年来任由晓燕被你欺凌，你可知道当我得知时心如刀割，晓燕没有父亲可保护，更期待有你们这些好同学的照顾，是否今后可以真正与晓燕当好朋友，就算帮不了她，也请勿再欺负她了，因为欺负弱小同学你也不光彩啊！我只单独约你，并不想让老师和你父母知道后惩罚你，因为我相信你是一个好孩子，分得清是非黑白。"

回到家后，我告诉晓燕，必须以不卑不亢的态度与同学相处，单亲不可怜也不丢脸，我要她堂堂正正地抬起胸膛上课、交朋友。从此那个霸王同学果真不再欺负晓燕，而我也赢得了晓燕打从心底的佩服及信赖。

每一个孩子的个性与品性不同，我也看过一个爱偷窃的孩子个案，他的母亲气急败坏把他抓到警察局问话，在警察面前一面哭一面打小孩。我热心地介入后，了解才知道，穷困的单亲妈妈没有办法提供孩子每个月的零用钱，眼看着别的小孩有零钱可买吃、买喝、买玩的，不能拥有的孩子行为就走偏了。我先请求那单亲妈每个月再辛苦也给小孩发个两百块钱零花钱，若有困难我也可以帮助她。然后，我再告诉孩子他的母亲为了扶养他所受的一切艰难及痛苦，就算妈妈给你零用钱，也请你不要乱花，因为学校的营养午餐已经够了，不要因为自己的欲望增加妈妈的负担，若可以，请你把钱存下来。

当那孩子存到一千块的时候，我特地带他去银行开户，让他接受银行行员的称赞，看着他拿到银行存款簿时，盯着里头的一千元数字，露出满足的微笑，我告诉他："这只是起步，你要看着银行簿编织一个梦想，你还是在学学生，只能靠妈妈从微薄的薪水提供给你的零用钱存起来，等到有一天你长大了，可以打工或工作了，那时候就是存款簿发挥的时刻了，但绝对要记得，爱财要取之有道，才不枉费你的母亲对你的一片苦心，也才不枉费冰冰阿姨今天特地把工作放下，陪你来银行开户的善意。"

从走出银行到现在，已经 27 年了，不知这个孩子现在工作现况如何，但为孩子立下一个对未来的憧憬及梦想，绝对是我们该做的事，也在此与单亲父母共勉。我们在抚育孩子的人生路上，会碰到许多压力及挫折，但面对孩子时，切勿把他们当作出气筒，那会影响亲子间的感情。

同时，我也要与单亲儿童共勉，单亲家长要承担双亲的责任，蜡烛两头烧，你们更应该为你的家长分担及体恤他们的辛劳。我看过很多案例，穷困的小孩怀抱天大志气及理想，努力出人头地实现梦想，最后功成名就。出生环境无法选择，但人生的路要怎么走你可以自己决定。

走红的代价

1982 年，有一位歌厅老板希望找在台湾有名的日本老牌歌星，例如小林旭或桥幸夫，前来台湾演唱，就向我打听看看有没有门路。

我本来并没有把握，随便打个电话去问松竹的朋友，想不到就与小林旭的经纪人联络上了。我与对方在电话中谈了一下，对方对此提议很有兴趣，不过要求我要亲自到日本详谈。

为了把事情谈好，我只好当天搭早上的飞机到日本，谈好之后，晚班机就回台湾了。

在我奔走之下，小林旭真的来台湾了！

小林旭两个星期的档期，本来只有张菲和倪敏然担任主持人，后来因为他们无法以日语和小林旭沟通，就请我加进来，变成三个人一起主持。

小林旭在台湾颇有名气，他来台湾演唱期间新闻不断，我也就跟着沾光了。

此后，我就常被请去中南部演出。名气一大，水涨船高，路上很多人叫得出我的名字，我暗自欣喜。

▲ 与小林旭的合照

但是，当我觉得一帆风顺时，竟然飞来横祸，害我几乎把命丢了。

有一次，我接了高雄的演唱秀，但另一家歌厅也蛮横地要我接秀。其实，这就是两家西餐厅间的恶性竞争，我没有想到之后会闹出那么大的事来。

那一年7月18日，晚上十点多，我从台中歌剧院出来，经过旁边的工地时，突然被一个男人挡住。我抬头一看，那个男人一拳打在我的头上，几乎把我打晕过去。

我在倒下之前，听到附近一些小贩的尖叫声，以及几个人冲过来的脚步声。我以为那些人是来救我的，想不到那些人将我围起来对我拳打脚踢。

然后，我感觉臀部被刺了一下，一阵剧痛。接着，我的额头又被砍了一刀，一股热流从脸上冲下来。

我血流满面，疼痛不堪，却反而清醒了，正想着要如何自救，这时我听到一个女人大叫：“你们在干什么？”

见有人干预，那些歹徒一哄而散。

我倒在马路上，那位女性跑过来把我抱起来，急喊着：“出租车！”

好不容易叫到车后，一路上，那位女性一直对司机说：“开快点啦！”

司机是一个老伯伯，一边开车一边回答：“开太快会被罚款，前面也有红灯啊！”

那位女性又说：“闯红灯！”

终于，车子开到了医院，她赶快把我送进去急救。事后，我才知道她叫做周丽虹，一个与我一样个子娇小的人。那天在现场看热闹的人很多，其中不乏壮年男子，但没想到最后出手救我的，竟是这么一个弱女子。谁也没想到她竟会有那么大的勇气，对着那些疯狂的歹徒吼叫，还会有那么大的力气，把我抱到医院来。

十年过后，我在电视节目提到这段往事，讲到热泪盈眶时，神秘嘉宾带着花束从后面走出来，现场观众掌声雷动，原来制作单位很有心地找到了周丽虹，请她来现场担任神秘嘉宾，那天的节目感动了很多人。

在此，我想再说一句：“救命恩人周丽虹，谢谢你！”

这场凶杀，让我在医院里躺了两个月。我头部被砍的那一刀，还好当时我把头偏了一下，才没被刺进去，只划伤了额头，缝了九针。臀部被刺的那刀，刺得很深。根据医生的说法，如果再多刺进去零点一公分，将会切断大动脉，那么可能就没命了。结果，我只好一直趴着，让臀部上的深洞慢慢愈合。

我的脸被打得“乌青＂，一直退不了。有一天一个好心的陌生人来看我，告诉我说用生鸡蛋在伤处上滚来滚去，可以消除淤伤。

我先在一个伤处上实验，过了三天，淤伤果然不见了。就每天拿着两个生鸡蛋，在整张脸上滚来滚去，直到淤伤全部消除。

得到的和失去的

此后，我的演艺事业越来越顺利。

我曾忙到一个晚上要在八家西餐厅赶场，每家演出四十分钟，等于每天要唱足三百二十分钟，大家都说我是铁嗓、铁肺。

我的舞群从两个人增加到四个人，又请了两个合音。为了赶场，汽车在车阵中动弹不得，我雇用摩托车来载人，一辆车载一个人，把整个演出班底带着跑，在小巷子中穿梭来去。

我坐在摩托车后座，穿着礼服、束起头发，头发上插着一根大羽毛，经过例行路线的商家小贩时，常听到有人说："那个小飞侠又来了！"

如此辛苦的折腾了几年，我终于赚了一些钱，家里的生活也改善很多。我分期付款买了一间小房子，从此不必再向人租房子。也买了一台中古车，爸爸很高兴，从贫穷岁月走过来的老人，觉得有车子是一件非常神气的事。

有一天，爸爸打扮整齐，一张笑脸对我说："走！开车回故乡给乡亲们瞧瞧。"

我心想，这种中古车实在没什么好瞧，还觉得爸爸很无聊。那一刻，爸爸难掩失望的表情，我这才感受到，多少年来爸爸一直被人看不起，好不容易看到女儿有点成就，还买了车，多想回家风光一下啊，于是我许诺他，等我们下次买了新车，再回去吧！

后来当我有能力买新车，我们父女却再也没有人提出要回故乡炫耀了，我想是因为眼界成长，人的智慧也在成长，任何委屈、痛苦的过往都成了力争上游的养分。所以对不愉快的往事，也就云淡风轻了。

1987 年 1 月 21 日晚上，我把晓燕哄睡，突然听到电视上插播特报："知名剧作家梶原一骑猝死。"特报中还简介了梶原一骑的一生。

听到这一切，我脑中一片空白，等到回过神来，只觉得全身发软，站不起来了。

他走了，与他的一切，真的一了百了。

我躺在床上，眼泪夺眶而出。对梶原，我的感情很复杂，有爱、有恨、也有畏惧……但他毕竟是我孩子的父亲。

看着身边熟睡的晓燕，我心中一阵酸楚。虽然一直以来我都是母兼父职来照顾她，但从今夜起，她是真的失去父亲了。回顾过往的一点一滴，我竟整整哭了一夜。

只有真正开心的人，才能演好喜剧

八十年代，台湾西餐厅因黑道介入太多，一些知名艺人如洪荣宏、高凌风等，包括我都曾被殴打、砍杀，甚至枪击，实在令人害怕。

有时候还常常做白工，一星期为一档期，我经常唱十档就有四、五档拿不到钱。最委屈的是就算我拿不到钱，却还是得付钱给舞群和合音。需要负担家计的我，常常入不敷出、捉襟见肘，我想这也不是办法，我需要在秀场完全没落之前，赶紧另谋出路。

于是我又开始四处自我推销，但机会依然很少。

一次偶然的机会，承蒙歌仔戏国宝杨丽花的赏识，我得以与她共演，心中欣喜无以复加，高兴到夜不成寐，兴奋得一早就到电视台。

最早到的我得等到所有大牌都化好了装，才轮到给我化。我开心地等待着看自己的第一次古装扮相，等到化装完毕，我睁开眼睛看到镜子里的自己时吓了一跳：“这不是我！”

我的头顶上梳了一个髻，头皮被绷得很紧，眼睛都被拉成咪咪的凤眼，实在是又土又丑，我指着前方女主角装扮华丽的发型，与梳妆师商量能否再美化一下，结果被她训了一顿：“人家饰演千金小姐，你是什么东西啊？你演的是婢女，这样才合你身份。”

等着上场的空当，我趁梳妆师不注意，就发挥我 DIY 的能力，将发型重新改造一番，几个发片几朵花，衬托了一个青春可爱的小婢女。后来梳妆师看到我的时候，虽然不高兴我擅自改造，但也肯定我不马虎的精神。结果自认相当美丽的我，兴冲冲地从早上等到半夜三点，吃了三个饭盒，连宵夜都来了，我看看我的脸，竟然比大锅里的米粉汤还要油。这时我已经累得打盹，才听到有人叫我上场。

出场后，我的台词只有一句：“员外，外面有人来找！”

虽然只有一句话，我也努力地在后台练了一天眼神、音调、表情、身段，虽然有人用轻视的眼光看我，但也有人用赞许的眼神鼓励我。

后来另一位歌仔戏小生叶青跟我成为朋友。她知道我对歌仔戏外行，既不会唱，也不会身段，就叫大家帮忙指导。

后来我在华视演了一出《蛇郎君》，那是我第一次在电视节目上当女主角。为了珍惜这次机会，我把自己融入剧情里，努力揣摩剧中角色应有的爱恨情仇，皇天不负苦心人，结果一炮而红。

后来，华视就与我签了合约，演了三部连续剧《永远是我妻》《阿公我爱你》《草蜢弄鸡公》，有幸都是女主角。

原来的我是内向矜持的，又一直身处于苦难的状态，要演喜剧根本笑不出来。但为了工作，我力求突破，每天照镜子学笑脸，但不管用什么样的笑容，总觉得笑中带苦不好看。最后我想通了一件事，原来生活中的我是不快乐的，所以不管我怎么笑都是假的，电视荧屏那么大，当特写时就像个照妖镜，无论是皮肤的不完美，抑或是眼神的游移，甚至于内心的不诚恳，透过荧屏无所遁形。因此我当下决定，不能继续忧郁不快乐的生活，我要把心打开，让阳光照进来。我更是告诉自己，如果自己都觉得不喜欢自己的笑容，别人如何喜欢你？

想通、放下的那时候，我的喜剧表演终于浑然天成、融会贯通，再加上擅长逗趣台词，我演活了很多好作品，“喜剧天后”的名字也就跟着我了。

我是歌手

有一天，终于有人问我想不想灌唱片？我心想，灌唱片是多年来梦寐以求的事，以前去四处求人都没有用，现在怎么会自动找上门呢？

原来黄瑞琪老师作词，邱芳德老师作曲、编曲的歌《唱袂煞》（唱不完）想找人来唱，再找唱片公司发行，他们竟然想到了找我。

天上掉下来的机会，我自然很用心的去唱。

等歌录好了，黄瑞琪就拿去找发行，却一直碰壁，还被人耻笑："想捧新人也捧个年轻的，怎么去捧个老女人呢？"

有一个老板甚至说了很伤人的话："她若会红，我头剁下来给你当椅子坐！"

但我之前的诚恳态度让黄瑞琪觉得找我发唱片是值得的，于是他拿自己的房子去抵押贷款，决定放手一搏。

▲ 与恩人黄瑞琪老师

《唱袂煞》推出后，他带着我去拜会了一些大盘商和中盘商，请他们帮忙。

第一个月，《唱袂煞》在市场上没有动静。我开始慌了，我觉得不能只靠别人帮忙，自己也要下工夫。我不知道应该怎么做，也没告诉黄瑞琪，自己就跑去唱片行看。

在一些唱片行里，我看到自己的卡带（当时的卡带有两种，大块的匣式和小块的卡式）被放在角落边。我就先对老板自我介绍一番，再问可不可以把我的卡带放在较明显的架位上？

老板们反应不一。有的客气地说不行，有的瞪我一眼，还嘲笑说："等你红了再说吧！"

不死心的我，就站在一家唱片行门口，拿着卡带对路过的人推销："这就是我唱的，我是白冰冰！"

看到出租车停下来，就跑去对司机说："买大块的在车上听，买小块的带回家听！"

路人反应不一，有人和我瞎扯了半天才拒绝我，说这首歌不喜欢。有人被推销得不好意思，就掏钱买了。有些人则是被我推销的半推半就勉强接受。

有一个阿伯买了十二卷卡带，却说自己家里没有录音机，只想留一卷当作纪念，剩下的送给别人。这个阿伯说"你真打拼，我看了真佩服！"

结果，我这种拙劣的推销方式居然也卖了几十卷卡带。

推销了一天之后，我对唱片行老板说：“拜托让我的卡带放上排中间，一天就好！”

老板回答：“我从没看过一个歌手没有任何唱片公司或宣传人员陪同，就在这厚着脸皮自我推销，我实在服了你，好吧！爱放哪里就自己放吧！”

我以为老板只是开我玩笑而已，等我走了就会把我的卡带丢到一边。想不到我隔天再去时，《唱袂煞》还是放在那个最明显位置。我十分开心，赶忙谢谢老板。

老板回答我说：“谢谢你自己吧！销路不错哦！”

就这样，我每天跑台北的唱片行，跑了几十家。专辑的销货量明显上升，黄瑞琪觉得效果不错，就带着我去跑遍中南部的唱片行。

《唱袂煞》刚推出时，我希望能够上电视打歌，却找不到门路。我和黄瑞琪去拜访制作人。制作人说应该去找华视主管。我们去找华视主管，主管却说应该去找制作人。看到两人推来推去，才想到是不是没有送礼的关系，于是就凑钱买了两瓶 XO 送给制作人。看到制作人收了，就很高兴，回家等着上电视通告。想不到制作人 XO 喝了，通告还是一直没来，我们俩特别沮丧。

虽然无法上电视打歌，在唱片行门口推销却有不错的成绩。最后我们一合计，又想到了一个主意——向夜市进军。

在黑夜里发光

在夜市里，我就像在竞选民意代表一样，身上披着红布条，写上黄色的大字“白冰冰”。黄瑞琪拿着扩音器，大声喊着：“歌坛新人白冰冰出唱片，唱袂煞，赶紧来买……”

这种卖法，实在很像江湖卖膏药的。

刚开始，我头都不敢抬起来，觉得很难为情，可是想到既然无法上电视宣传，又不能让股东们血本无归，只好放下身段拼了。

大伙一起打拼，生意越做越好。

我们先在黄昏市场推销，挤在借来的一个小摊位，忍着鱼腥味，扯开喉咙唱歌，和旁边的鸡鸭鹅，生鲜海味竞争销售量。偶尔鹅妈妈和鸡先生敞开喉咙大叫，他们合唱的声音还盖过我的麦克风，那情景现在想来，实在令人莞尔。

到了晚上八点时，我们会再连赶三个夜市，最后再赶到万华一个开到凌晨一点的夜市。台北跑得很有成就感，我们又接着往中南部进军。那段时间，我们总共跑了一百多个夜市。

夜市经常挤满了人潮，淹没了小个子的我，为了让大家看得到我，我就站在一张板凳上，又说又唱。我的台风越来越稳，那块小小的板凳，成了我踏入歌坛的舞台。

我在板凳舞台诙谐的自称我是：“天下无敌、世界第一的超级大美人”，“我是港姐，基隆田寮港的港姐！”

大家听了，笑个不停。我已练就可以跟夜市的摊贩以及顾客插科打诨，再吆喝大家掏腰包的功夫。长期穿着高跟鞋站在小板凳表演，我要顾及演出的完美，还得专注不要跌下来，双脚的压力可想而知，那一阵子我双脚红肿，除了泡热水，睡觉时都把双脚垫高，别人是高枕无忧，我是高枕垫脚才能无忧。

在夜市打拼的日子，让我对台湾的乡亲们，永远怀有一颗感恩的心。我发现很多人都很害羞，我唱了半天，大家虽然觉得好听，却没有人愿意先掏钱出来买。于是，我就会发挥推销功力让他们拿钱出来买。结果，只要有一个人先买了，大家就一窝蜂都买了。

有时候生意太好，还要求我签名，我们人手就会忙不过来，因为签名时要先把卡带的塑料封套拆掉。这时在附近摆摊子的人就会把自己的生意放着，跑过来帮忙。乡亲们的热情和爱护让我感动不已。

《唱袂煞》的销售成绩直线上升，让我赢得了一个封号“夜市歌后”。

半年后，这张唱片总共卖了二十多万张，对一个不靠电视打歌的新人来说，这种成绩真是一项奇迹啊。我也因为这张唱片开始走红，这时候连媒体记者都主动跑来采访了。

▲ 当时的沙龙照

“夜市歌后”慢慢出名了，华视另一个综艺节目《钻石舞台》就主动来找我上节目。

那时《钻石舞台》由胡瓜和郑进一主持，参加节目的男女艺人都是站成一排，接受访问或表演唱歌。

我好不容易有上电视的机会，就决心要把握机会，凸显自己。我特别用金葱布加亮片做了一套像白雪公主的澎裙，看起来金光闪闪。

想不到我一亮相，就被两个男主持人取笑：“你这是妈祖出巡吗？”接着又说：“唉呦！还妆金身呢！”

结果其他男女艺人及现场观众当场都笑歪了。

那时电视已经不流行穿亮片礼服了，大家一字排开，都是很潮的破洞牛仔裤，或专人设计时尚的打歌服。我这才知道，自己的穿穿着与大家格格不入，实在过时了。

那次的演出，让我觉得很丢脸。但黄瑞琪却安慰我说：“没关系，独树一格表示你突出，人们容易留下印象，大家笑你、讨论你、你才会红！”

果然，第二个星期《钻石舞台》又主动来找我了。我一连上了几次《钻石舞台》，把在夜市表演的那一套都搬出来，结果竟越来越受欢迎。

有一次，我被安排在节目中表演模仿比莉。事前，我特别到比莉家去学，还向比莉借了衣服，练了一晚，从不会跳舞练到惟妙惟肖。当场，比莉就对我说：“冰冰，你会红！”

上节目时，我模仿比莉的表演，大家一致叫好。表演完了，接受访问时，主持人又取笑我长得矮，还故意夸张地看别的地方就抬头，看我时就低头。

我干脆回答：“我一向都是仰人鼻息的啊，虽然我长得矮，但是你们这些高个子的，要见我全都得向我低头！”

因为反应灵敏，加上自我消遣，我竟收获了越来越多的关注。而且只要制作单位要求，无论模仿郭富城、赵传、蓝心湄、比莉，我都照单全收，也努力做到。这时的我开始受到大众的喜爱，有时想起那位说我会红就要把头剁下来当椅子坐的唱片行老板，我就时刻警惕自己：“天生我材必有用，不要看轻任何人！”

一夜惊魂记

所谓乐极生悲，那段时间受到很多人喜爱和掌声的我，觉得这个世界上的每个人都是热忱善良的，我尽情去享受这幸福的时刻，没想到阳光的另一面就是黑暗。

有一天，我工作回来，洗完澡披着浴巾，用鸡蛋搅了面粉敷脸，接着躺在床上打电话，请求一位戏剧制作人，采用我的新歌当主题曲。这时，我突然听到我家的狗“小乖”叫得很凶。

我没挂电话，只是放在一边，然后跑到窗口往下一看，发现并没有人，但却听到好像有金属器具从屋外丢进来的声音。我感觉不对,猜想可能有小偷闯进来,就赶快跑到三楼叫醒司机，两人一起下楼。当时我又听到好像是小乖和人在缠斗的吼声，顾不得多想，我要去救我的狗。于是，我拿着拖把，司机拿着扫把，开门走了出去。

刚走到一半，突然一把刀子向我砍下来，我举起拖把一挡，拖把几乎被砍断了。我大叫一声，就看到三个蒙面歹徒，拿着开山刀和手枪，把我和司机围住，然后押着我们进了屋里。

一进客厅，歹徒就凶相毕露。他们先把司机绑起来，然后让我去把爸妈和晓燕都叫到客厅。

那时爸爸已经七十岁了，两手被反绑在身后，因为绑得太紧，手掌都变黑了。妈妈脸色惨白，一句话也说不出来。而晓燕才十岁，吓得都不敢哭出声来，只是苍白着脸抽泣。我则被一把开山刀架在脖子上，只要一转头，脖子就会被割伤。

歹徒们拿出一个大布袋，叫我把值钱的东西都放进去。我很迅速地把家里的现金、爸爸的手表、妈妈的项链都放进去，并恳求他们："你们要什么通通拿走，请不要伤害我们！"

但歹徒并不相信家里只有这些现金，其中一个歹徒开始押着我一个个房间去找他认为值钱的东西。

到了二楼我的房间，那个歹徒把我的装饰品全部倒进大布袋里。那些金光闪闪的装饰品其实大都是假的，但他却不识货，认为家里有这么多的金银首饰，现金应该更多才对，所以他继续恐吓我："钱不拿出来，全家杀光光！"

最后，我被押入家里的佛堂。这时的我，情绪已经濒临崩溃，想到自己一生吃了那么多苦，现在还要受这种折磨，越想越难过，忍不住放声痛哭："观世音菩萨！救我啊！"

刹那间，歹徒呆住了，手上的开山刀离开了我的脖子，过了好一阵子才回过神来。

回到客厅里，歹徒们算算钱，发现只有一万多台币，就破口大骂。大概是带着面罩太热了，三个歹徒竟然把面罩拿下来。那个当下，我头皮发麻。歹徒们露出相貌，不怕被人认出来，是不是准备要杀人灭口了？

就在最紧张的时刻，门铃响了！

歹徒们吓了一跳，电眼监视屏幕上出现了两个警察。

歹徒大惊："你敢报警！"拿起开山刀，扬言要立刻杀了我。

我赶紧安抚他们的情绪："我没有报警！我也不知道怎么

回事！你们让我出去应付一下，把警察全部打发走你们才能走啊。”

最后一句话起到了关键作用，暂时保住了全家安全。

其中的一个歹徒押着我到二楼房间的窗口查看情况，这一看不得了，一两百个警察都赶来了。

此情此景让歹徒们真正抓狂了！他们双眼充满血丝，表情狰狞，放话要把我们全都杀死。处于极度惊恐中的我急忙和歹徒谈判：“我当人质开车载你们出去，拜托你们放我全家一条生路！”

这个方案似乎正中他们下怀。谈判马上成功，我带着歹徒们去车库。正当我打开车门时，却看到爸爸和晓燕也被押进车来。我心想，没办法了，现在能救一个是一个，先让妈妈和司机脱险再说。

我发动引擎，打开车库的电动门，就要开出去时，突然一部警车冲进来，把我的车子挡住了。一大群警察冲进来。歹徒们一看，挟持晓燕又跑进屋里。我心里更慌了，女儿变成了唯一的人质。

这时，一大群警察进入屋里，一番搜索，发现三个歹徒抓着我的女儿躲在服装间。巧合的是，妈妈和司机已先躲进服装间里。还好，服装间满满的衣服，歹徒们不知道已有人躲在里面。

一阵僵持之后，警察开始喊话："如果伤了孩子，就不要想活着出来！"

歹徒回话："有胆就进来，我先杀了这孩子！"

我听到这种狠话，早已泣不成声了。

天快亮了，还在僵持中。

这时，警察看准了一个机会把门撞开，其他的警察随即跟着冲进去，一下子就把三个歹徒都制服了。

一场几小时的惊险终于落幕了。

我看到女儿平安无事，司机和妈妈也平安的从服装间里爬出来，悬了一夜的心才慢慢放下。

这时我才发现，我的一张敷着面粉的脸已经剥落的一塌糊涂，这一条围在身上的浴巾，经过几小时的奋战，居然没有掉下来。阿弥陀佛。

事后从警察的笔录中得知，原来报警的人就是与我通话中的制作人宋先生，顾不得满心沧桑，我即刻赶往宋制作的家向他致谢。

我问他如何得知我家有强盗闯入？他说电话中的我只说了稍待就跑了，刚开始他想挂掉电话，后来听到一阵狗的狂吠声，觉得有点奇怪，再过了十分钟，就听到有人说："把钱拿出来，否则把你全家杀光光！"

他吓到头发直立，赶忙打电话向警方报案。随后，全身紧张到发抖的他，有情有义地吆喝一群在摄影棚的演职员赶到我家外面来支援。

他说当天在外面，大家都紧张万分，因为他与女演员陈美凤、余丹丹刚好站在歹徒与警察的中间，警察一直叫他们退后，怕万一枪战的时候会波及他们。最后还好利用了当时陈美凤手上唯一的一支行动电话当作与歹徒沟通的用具，让歹徒打电话回家，那事件才平安落幕。

我心中一直感念宋制作机警的帮忙报警，更感谢他的有耐心可以持续电话等待了十分钟，若没有当时他的这些帮助，如今的我也有可能不在人世间了，更谢谢余丹丹以及陈美凤，现在余丹丹嫁给人在上海的张先生,生了两个漂亮女儿,一家和乐。而陈美凤已经成了大明星了。

“矮肥短”影后

强盗入侵的社会事件，经过媒体的大肆报道，大家对我更加熟知，这时候我也开始登上八点档的电视剧了。

当时，华视的《家有仙妻》由林以真、澎恰恰和我演出。还有中视的《婆媳过招七十回》，找了我和潘迎紫、素珠等人演出，安排我演一个恶媳妇的角色。听到演的是坏女人，我很犹豫，我们那个年代的人都比较保守，很怕自己演坏人会毁了形象，不像现在的演员都争相演坏角色力求突破。

考虑再三，我与制作人商量，把角色演成一个只是有点娇，又有点三八，心肠却是不坏三八媳妇，这会比较讨喜。制作人同意了我的想法，我还常常在对白中添加一些台湾俚俗语，演出就更生动又有趣。这部戏一播出，我的角色大受欢迎，大家都说我真的把一个三八媳妇演活了。

人红之后，有很多广告商都来找我，其中有一个“矮肥短”的冬瓜露广告特别突出。

那是一家小广告公司为客户的冬瓜露提出“矮肥短”的案子。商家为了区别其他品牌，外包装特别设计圆圆矮矮的罐子，品名也特意取了一个英文名“every day”，而谐音正是“矮肥短”的闽南语读音。

广告公司在一开始做广告设计的时候，设定的广告明星就是我，客户也觉得我非常适合。

但当广告公司找到我的时候，我一口就婉拒了。

我从小已经被人笑矮冬瓜了，怎么可能愿意接“矮肥短”这样的企划呢？

白冰冰歌友會

▲ 向“矮肥短”靠拢

但那两个广告公司的年轻人不但天天打电话来拜托，还说：“我们是青年贷款来创业的小公司,这个机会对我们非常重要，我们的成败就看这一次！”

我听了又动了恻隐之心，考虑再三，最后答应了接这个广告。

结果这个广告非常成功，广告歌曲也朗朗上口，风靡一时。

这个时候，我也开始尝试主持这个工作。一开始，我在中视的节目担任助理主持，出镜的机会很少，也只能偶尔插一两句话。

后来我去华视主持《欢乐大联机》，才算当上了正式的主持人。尔后又主持了几个当红节目——《连环泡》《综艺女人国》《我爱冰冰》《冰棒冰棒》《好彩头》《接触第六感》……

有一天，新锐导演易智言拿着一个剧本来找我，这是他自己写的一个电影剧本，名字叫《寂寞芳心俱乐部》，描述一个中年女人的心情故事。

我看了剧本，觉得这个故事非常不错，内心很喜欢，当下就决定出演。

导演要求我把所有的舞台动作和电视演法全部忘掉，排出三个月的时间，每天下午接受表演的训练课程。后来，这部电

▲ 与蔡琴（左一）、吴家丽（中）一起

影以非常生活化的风格拍摄完成。电影一推出就受到诸多好评。它参加了多项国际影展，应邀作为加拿大“多伦多影展”和“温哥华影展”的观摩影片，并且入围荷兰“鹿特丹影展”的竞赛影片。最后，我也因为这部电影，获得了斯洛伐克影后的殊荣。

不久后，我开始在报纸上连载我的专栏《白冰冰讲好话》。这个专栏的内容后来结集出书，我把报纸的稿费和出书的版税全部捐给“仁甫社会福利基金会”，作为低收入家庭子女助学金。

在我有能力后，我就培养弟妹们念书，让他们个个都读大学。同时还很努力地把当年送人的弟妹都一一找回来，后来只剩下最小的弟弟一直找不到。

1992 年，我在报纸杂志说我要找失散二十七年的小弟时，很多人都认为不太可能找得到。报纸杂志刊出后，有很多人写信或打电话来，自称或是说认得我的弟弟，最后发现都不是。

有一天，我接到基隆市警察局第四分局警员打来的电话，说他的邻居很可能就是我的弟弟。

我请他先寄照片来，一看到照片，我热血沸腾，马上告诉自己：就是他！

后来经过医院检验 DNA，证明无误。

我安排了小弟和爸妈见面。找回小弟，我无愧手足之情，也让爸妈不再遗憾。

我一生遇到多次凶险，却像“九命怪猫”般活了过来。

从乡下的穷小孩，失婚的单亲妈妈，我一路奋斗到了现在，打破宿命。

有了一定的名气后，我一直都很忙，在电影、电视、录像带和唱片都同时进行时，曾经创下十二天无法回家睡觉的纪录。但是，演艺事业不进则退，我不能退。因为，红的时候，大家抢着要你，等到不红了，根本没人理你。

▲ 找回小弟后拍摄的全家福

更何况，我不认为自己的演艺事业已走到最高峰，我认为人生还有无限的可能。

我本以后自己在遭遇过那么多的挫折和苦痛之后，苦尽甘来，人生渐入佳境。孰知，更大的试炼却再一次来临…….

part 5

炼狱第一天：措手不及的暴风雨

1997 年 4 月 14 日，星期一。在决定晓燕和我命运的那天早晨，我们对即将来袭的恐惧和痛苦毫无预感，一切都如往常，四周的空气也充满着安详。

身为电视节目主持人、电影演员、歌手，还要时常参与教育和公益活动，我每天的生活总是那么的忙碌，虽然长期睡眠不足，却过得极为充实且充满干劲。因为对我来说，一位白手起家的单亲妈妈能有今日的成就，和最爱的家人生活在一起，我已感到满足，并且带着感恩之心。

当天上午在摄影棚拍摄新曲 MV 的每一分、每一秒，可以说是我人生中最幸福的时刻。

《望无梦中人》这是新曲的歌名。录像顺利地进行着。

就在要拍第二个镜头时，我的哥哥，突然紧张地拿着手机走向我。

拍摄中，我做了手势暗示他别再靠近我，可是他完全没有理会，执意要我接听电话。他的举动令我感到讶异，发现他的表情很严肃。录像中断，我接起电话。

电话筒里传来陌生男子的声音，那声音令人感到不舒服，口齿不清又阴沉沉的语调，让我感觉到对方可能是吸毒者或是烂醉如泥的酒鬼。

他说："这不是跟你开玩笑，你女儿的东西放在林口高尔夫球场旁的墓地。"

我不明白究竟是怎么一回事，更无法理解那令人作呕的声音到底与晓燕有何关系？

"白小姐，怎么了？不对劲哦！"看到我在发愣的导演问着。

我在无法思考的情况下，笨拙地将那人的话重复一次："说什么我女儿的东西放在林口的墓地……我不太明白，我女儿的东西为什么会有个酒鬼将它放在坟墓上，有没有人可以替我去拿……"

导演听了，张大着双眼："不得了，是绑票啊！"

所有的工作人员听到后大叫，震动了摄影棚。

"绑票"一词立刻引起骚动，而我脑中一片空白。无论如何，我必须先确认，发抖的手紧张地拨了电话到晓燕的学校……

"晓燕从早上就没来过啊！"老师的回答让我血压急速下降。或许晓燕在上学途中因为身体不舒服回家了也说不定，我这么安慰自己，又拨电话回家确认。

“晓燕去学校还没回来。”

电话里奶奶的这句话，更令我期待幻灭。

晓燕真的被绑架了！

我害怕、紧张、恐惧、全身虚脱。

陷于恐慌中的我，无法冷静思考判断，整个人乱了方寸，脑海里只有晓燕，控制不住自己的思绪，除了报警外，实在是想不出更好的法子。

录像中止，所有工作人员全体出动，往歹徒指定的林口长庚球场找了又找，就是找不到所谓的墓地。

有人说球场里面也有几个坟墓喔！因此全体人员又往球场内移动，这时候警察也到了，大家分组分头寻找，我与大哥一组往球场移动。

白天的球场绿盈盈的，孰知到了夜晚伸手不见五指，阴风呼号加上野狗吠叫，只有昏暗的手电筒指引。慌张中我不断的跌倒，进门时有人告诫要小心草地的毒蛇，可是我什么时候与大哥走失了都不知道，偌大的球场，孤单的我根本找不到方向，又怕又紧张。

这时候一大群人来找我，要我撤退，不甘心的我努力地看了又看，真的完全看不到有坟墓的样子。

当我随着大家到了球场的出口时，在警卫亭的旁边我颓丧的往地上坐，右手碰到了什么东西，在昏暗的路灯下一看，是个塑料袋。

我急忙要打开塑料袋，警察告诉我歹徒可能躲在附近，要我们先撤退。

紧急回到家中正要打开，警察说切莫留下指纹，因此我用筷子与叉子慢慢地打开塑料袋的结，里面是一个铁制的饭盒，再打开之后发现里面是一团沾血的卫生纸，打开卫生纸之后用筷子夹起一团东西，当我还不能确定这是什么的时候，旁边的人大声地叫了出来：“手指头！”

天哪！我吓呆了，我生怕夹在手中的手指头掉了下去，就这么紧紧的夹着，心里揪成一团，痛啊！痛啊！痛到极点！她一定很痛，一定很痛，天哪！我心好痛，我该怎么办，当下乱了，六神无主！

陷入极度悲愤的我，紧接着又看到放在饭盒里的三张相片。刹那间，翻滚的热血又迅速冻结了。

两张相片是晓燕两手举高，从颈部被绑紧，白色制服被往上拉开，露出胸部，而脸部只露鼻孔，其他的地方都被胶带黏得像包裹似的，真是凄惨。

另外一张是从左手肘部拍向手指的特写，小

▲ 冰冰姐永远的心肝宝贝：晓燕

指的切断部分用铁丝捆绕着，看得到血液在渗出，手指头已肿胀。

这张相片摆明就是想告知，这是晓燕的手指！晓燕的手指被切断了，天啊！

晓燕必定无法忍受左手小指被切断得疼痛而大哭喊叫！可是，歹徒狠心地用胶带贴住她的嘴，一定会令她窒息。

一想到晓燕可能会呼吸困难及所受的痛苦，不安和恐惧令我跪在地上叫了出来："快点！你们谁快点救她好吗？快点！拜托你们！"

我的神经紧绷，身体不停地颤抖。

搜查员把晓燕的手指头和相片放回塑料袋后，匆匆离开了。

我全身虚脱坐在地上。

但是我的恐惧立刻被海啸般涌至我家的媒体记者、采访的电话，以及响不停的门铃声打断……不仅如此，接下来的日子，我家门前的道路上停放着大型电视转播车，上空还有直升机盘旋……

无法形容那令人难以置信的情景。

我知道这是警方将消息泄漏给媒体的结果。

歹徒若看到我家门口满是媒体车，就知道我已经报警了，晓燕命休矣……完了！大事不妙。

该怎么办才好呢？

我走出家门，哀求记者远离，并且低声下气对他们说："要是让歹徒知道警察与媒体已知道了，我女儿将有生命危险，拜托大家离开，不要报道。”

可是，整个情势越闹越大，已到无法收拾的地步。

无奈又恐惧的我只能打电话给各家电视台的负责人，恳求他们下令停止采访。虽然他们都答应了我，但事实上，记者与转播车只是暂时退一条巷子，隔天又都移回来了。后来，我再打电话请新闻局长帮忙，但情况仍未改善。

紧接着，我一直忙着接听从警察、媒体得知真相的亲人和朋友们打来的慰问电话，这些慰问不但不能帮到我，反而徒增我心中的恐惧，只有求大家不要占线，这是晓燕的生命线啊！

每次接听电话，我就担心，究竟又有多少人知道了呢？

电话还是不停地响，要接也不是，不接也不行，到底哪通才是歹徒打的电话呢？

濒临崩溃的我，接下来必须配合警察调查我的亲人朋友，从他们开始进行调查。因为警方说：“绑架案，通常都是熟人干的。”

一整晚的讯问中，话题一直围绕在亲人朋友的职业、财产和人际关系等等，甚至于“这个人值不值得怀疑”之类的话。

在讯问进行当中，仍有很多人打电话来。

我每接一通电话，心中就怀疑对方或许和歹徒有关系也说不定。

到底我该信任谁呢？这个想法令自己感到惊愕。

想到晓燕手指上的伤口以及对媒体的无奈，对亲人朋友的怀疑，我开始感到自我厌弃。接连不断的冲击，我已陷入招架不住的困境……

然而，晓燕还在歹徒手中，歹徒也应该会打电话来要求赎金了，我必须坚强，希望能尽早与歹徒联络上。

在这紧急时刻，慰问电话依然不断，但这个时候，只有歹徒打来的电话是我期待的，除此之外，不知有谁能够拯救晓燕的生命？期待和失望就这么地反复到天亮。

这晚，就在等待中，我眼睛一直睁得大大的，心里拼命求上苍保佑晓燕。

炼狱第二天：无力承担的巨额赎款

第二天晚上七点钟，我终于等到歹徒的电话。

“准备好美金五百万元，必须是不连号的旧钞。”这是歹徒的要求。

五百万美金，等于新台币一亿三千万元的巨款。他们以为我是谁啊，怎会认为我有这个实力呢？

可是为了女儿，还是得想办法，我开始烦恼该从哪里筹钱？

要凑足一亿三千万元，已是天大的难题，更何况要换成美元旧钞。从没开口向人借钱的我，只好硬着头皮，打电话向朋友开口。

第一位朋友对我说：“一百五十万以内的话，可以立刻借给你。”

虽然他爽快地答应借钱给我，但是金额差距之大，让我沮丧！

想多借一些，但又不能向他说明真相，继续努力，可是每打一通电话，就增加一次失望！我很气馁，到底还要再打多少电话才能将钱凑齐呢？

边打电话凑钱的我，又生怕占线漏接了歹徒打来的电话。

可是期待的电话没打来，和昨天一样，都是媒体和慰问电话。

其中也有毫不知情的朋友们打来，但我实在怕占线，也由于每天应付超过上百通电话已疲惫不堪，所以就都不客气地挂断电话。

正在烦恼还能找谁借钱的时候，菩萨出现了！

新光企业吴东亮、吴东升两兄弟，听我说要五百万美元旧钞，不能连号。马上告诉我："你不必担心，我们会全部准备好给你。"

还有许安进、何丽玲、陈维祥、黄玺文……等等好友，也都提供各种不同的帮助。

我，除了感动还是感动！

在惊慌与恐惧中，想到歹徒对晓燕所做出的不人道行为，以及令人头痛的天文数字赎金，我不再认为歹徒尚存人性。

坠落在地狱里的晓燕，千万要挺住啊！

菩萨啊！请保佑晓燕！

炼狱第三天：焦急、恐惧、无助

1997 年 4 月 6 日，星期三中午，歹徒来电要求在今天准备好赎金。

为了确认晓燕的安全，我要求说："晓燕是否平安呢？让我听听她的声音。"

歹徒沉默地挂断电话。

十分钟后，歹徒再次来电话。

从电话那旁，传来女人的声音，是用录音的，她说："中国时报台湾头条新闻。"

不，这不是晓燕的声音！

十七年的母女感情，从呱呱落地到每一个成长阶段，晓燕的声音，我怎会听不出来？我知道，那绝对不是晓燕的声音！

让我更担心的是晓燕左手小指的伤口，心想歹徒到底有没有为她治疗伤口呢？我拜托警察："或许歹徒为了帮晓燕治疗伤口，曾带她去医院，或是到药房买药也说不定，所以请查一下全台北地区的医院和药房可以吗？"

我以为歹徒还有人性，最后证实他们根本没有让晓燕止痛或消炎，只用铁丝紧紧绑住伤口……

就这样过了三天，我像热锅上的蚂蚁，焦急不安地在家里走来走去。

为什么？为什么不来电话呢？他们不是要钱吗？就快点打电话来呀！

再不行，我这条命也给他们好了！

求他们把晓燕还给我！

残酷的歹徒就像是猫戏弄半死状态的老鼠一样，凌虐着我。我好担忧，甚至有人告诉我，这些人心性不正常，会不会陆续寄来晓燕的耳朵、脚趾，甚至……喔！别说了！总之我快失去理智了，这样折磨我，我的神经已紧绷到极点。

下午一点，终于等到了歹徒的电话：“下午三点，你一个人到南崁的保龄球馆。”

歹徒终于指定了交钱的地点。

当下，我立刻和伪装成出租车司机的警察驱车前往歹徒指定的地点等了三个小时，不见歹徒露面。

我问警官该怎么办？警官说：“还是先回去吧！”

就当车子快抵达我家时，手机又响了。

“你怎么还不来。”是歹徒的声音。

我赶忙回答：“我去过了，等不到人。”

“你再来一趟吧！原来的地方。”

我察觉歹徒是在考验我们。

再次来到南崁保龄球馆。还是不见歹徒露脸，我焦急地眺望四周，这时我才惊觉大事不妙。

刚才来的时候没注意到，在这辆出租车的周围，停放着几辆看似眼熟的汽车。

虽然对汽车的品牌并不熟悉，但我记得那些车子的颜色和形状。

一问之下，得知全是警方人员，我心头一震。

完了！这些车辆完全没经过伪装，肯定已被歹徒看穿这是警方。看样子所有的计划全暴露了。

一种不祥之感顿时涌上心头。

果然手机响了，传来歹徒凶狠的声音："白冰冰，你竟敢报警"

我心慌的快跳出来了，故作镇静地说："没有，绝对没有报警。"

之后歹徒又以强硬的口气命令我："到附近的摊子买一千块钱的槟榔。"

为什么要买一千块的槟榔？

这时我才发觉，除了放在车里的五百万美金之外，身无分文。

"对不起，我没有一千元。"

我这么一说，歹徒大声地喝道："胡说！一千元你会没有吗？你是不是骗我，根本没有带钱来。"

"不……我只想到要把美金带来，所以忘了带零钱。"

"那你怎么付出租车费呢。"

这一问，让我惊慌失措，停滞了许久。我身无分文却能搭出租车来到这里，这怎么也说不通。

怎么回答才妥当呢？不马上答复，会被看出破绽，我左思右想地找到了勉强敷衍的理由："我打算回家后才付车资的，所以就没带钱来。真的，我没有一千块钱，怎么办呢？"

歹徒挂断了我的电话。

不一会儿，出租车开到了槟榔摊前。

我向警官司机借了一千块，走进店里。

为了避免被店员认出身份，我故意把脸转向一边说："我要买一千块钱的槟榔。"

在我等店员包槟榔的时候，无意地朝店外扫了一眼，发现有辆不寻常的出租车停放在附近。虽说是出租车，车窗却贴着黑色反光纸。心中非常忐忑，这到底是歹徒还是警察。

这时，店里的电话响了。

店员走出来将电话递给我。

我感到纳闷，一听电话，话筒里传来歹徒的怒吼。

"你他妈的果然在耍我，不想要女儿了吗？四周都是警察。你坐的那辆出租车的司机也是警察吧？"

很明显的，歹徒在暗中观察着我们。就连我向"司机"借钱的情景，他们也必定看到了。

如果赎款的交接失败，晓燕也难逃不测。

"不是的，请你们相信我。"我只能哀求着。

"要是还想要你的女儿，就赶紧另外找一只手机，还有不准回你家。"歹徒说完就挂断电话。

起初以为只要交出钱就可以领回女儿，然而这个心愿在瞬间完全破灭了。

怎么办呢？整个事态的演变完全出乎意料之外。

不让我回家，应该是歹徒认为我家四周都是警察与媒体记者，会影响他们取赎款。

不能回家我该何去何从，和警官商量后，我们决定去附近的一个村长家。

我和警官从村长家后门进入。

村长的老母亲看到我的样子，很不忍心，对我极为关怀。

只是案发以来，我变得极端敏感，一点小事也会使我发火，别人的关怀有时也会令我感到厌烦。但是，对八十高龄老婆婆的关怀和劝导，我无法发作，因而感到有些困惑。

老婆婆像是看透了我的内心世界，安详地说："你现在什么都吃不下是很自然的事，我很能理解你的心情。可是你要想一想，你得和歹徒斗啊，你现在的样子怎么斗呢？喝点水，不喝水的话，脑袋里的血液循环就无法顺畅，也就想不出好办法来。真想救女儿的话，就得喝水。"

听了老婆婆的话，看着她辛苦地上下楼梯，为我端来一杯水。我内心悸动，感动的话哽在喉头。手上端着水，心里想着每次接到歹徒电话时，我都这样请求歹徒："求求你们一定要给我女儿喝点水啊！"

可是歹徒根本就不理睬。所以我想晓燕必定和我一样没吃没喝，几天来，晓燕一定是在极度恐惧、伤痛和饥饿中痛苦不堪，度时如年。

我想为女儿分担一些痛苦，以不吃不喝和女儿化为一体。更主要的是，我想亲身体验一个人不吃不喝能够存活多久？我坚信如果我不吃不喝还能撑下去的话，晓燕就一定还能活着！

晚上，警察集合在村长家里商讨应付方法。大家都认为歹徒可能在夜里进行活动，于是决定彻夜等待歹徒的电话。

警察还对我说："现在睡觉的话，歹徒随时打电话进来，你会无法应对得好，所以你最好不要睡。"

对这群歹徒的行动方式，大家都只能猜测，谁都不了解。

就这样，深夜十二点、一点、二点、三点……

我们只能消极地等待歹徒的联络。等待、等待、再等待……

天就快亮了，依然没有歹徒的电话，看着警察睡着了，我的眼睛睁得比猫头鹰还大，直盯着手机期待电话快来。喝了水实在憋不住想上厕所，把手机带进洗手间，发现厕所没有讯号，吓得再冲出来，把手机放在客厅，不敢关厕所门，生怕听不到铃响。上完厕所后，又以最快速度赶快回到客厅，继续守着电话。

炼狱第五天：希望再度落空

1997 年 4 月 18 日，早上十点三十分，歹徒打电话来指示：“十二点三十分到台北市辛亥隧道附近。”

我们从昨天的失败中学习到司机必须伪装。所以，身材瘦小的男警扮成女装，我佯称我不会开车，是我大嫂替我开车，另两位警察配合黑色坐椅穿上黑色夹克，弯着身躯躲藏在后座下。

结果道路上交通拥挤，车子速度缓慢，无法在指定时间内抵达。

途中歹徒打手机催我：“为什么还不来？”

“对不起，路上堵车，再过十分钟就到了，请再稍等一下。”我一边回答，一边还担心女儿的平安，便问：“能帮我问一下我女儿，妈妈最好的朋友叫什么名字？”

歹徒挂断电话，令我感到惊慌，以为他生气了。

十分钟后车子抵达辛亥隧道附近。

手机又响了。

“你的朋友名叫 XXX。”歹徒说着。

这句话让我泪流满面。天啊！晓燕还活着，一切都值了。感谢上苍。

那只是瞬间的喜悦，歹徒接着说：“打开全部的车窗，以时速十公里慢慢地开到附近的7-11便利商店去。”

气氛开始紧张了，因为车内躲藏了警察，开了窗就泄底了。

可是，一时也想不出什么好办法。

于是我说：“把窗打开的话，被认出我是白冰冰，那就麻烦了，会影响我交钱给你。”

“照我的话去办。”歹徒一点也不理会我说的话。

我担心歹徒在高处监视着我们，于是眼光向上望瞭望。这时车内的警察正努力地把放钱的沉重行李箱往身上遮掩。等他们遮掩得差不多了，我就慢慢地把窗打开。

歹徒又指示:“找这条路右边的第四个消防栓有一张纸条。”

在消防栓找了又找，我终于发现在隐秘的取水口里面藏有空的饮料瓶，空瓶里有纸条。

我想或许空瓶上留有歹徒的指纹，就将衣服包住塑料袋拿出来，并用外套的袖子遮住所有动作，以防歹徒监视。

信里潦草写着交款地点——内湖。

歹徒后来供称，这封信是叫晓燕写的。可是，我却怎么看也看不出是晓燕的笔迹，这应该是在她极度恐惧之下写的，字的笔画摇摇晃晃地抖动着。

出租车开往内湖，途中我们发现信上所写的地点是条人烟稀少、前方是死路的单行道。

歹徒计划周到，冷清的单行道，可立刻察觉是否有车子跟踪。

实际上，我们这部车的周围和昨天一样，被几辆警方的汽车和机车跟着。我甚至发现其中竟有和昨天相同的车子在内。我得立即阻止这些车子继续跟踪才是。

在出租车里，我和几位警官争论起来。

我主张继续往指定的地点去。可是，司机说那地方太危险了，一伙人去了一定会被冲锋枪射杀。

躲在后座下的警察也劝我："那是一条死巷，歹徒的火力强大，如果我们的来路被堵住的话，就无路可逃了，他们很可能开枪射杀我们，然后把钱抢走，马上回头吧！要不然大家只是死路一条。"

这怎么能回头啊！我们是要来救人的。我歇斯底里地大声喊叫。

这时，手机又响了。

"怎么不来啊"是歹徒打来的。

"不熟悉路呀！好像迷路了，怎么办才好呢？"

歹徒沉默一阵子之后，指定了新的地点。

要我到新庄的住宅展览场去。

我请求他："到新庄需要花上一个小时。我就把钱放在这里，你拿了之后就立刻放我女儿回家。”

可是，电话又挂断了。

赶往新庄的住宅展览场，周围有很多高楼大厦，若由高处往下看，可以完全掌握车内情况。我们决定进入展览场。

在展览场等了两个小时，歹徒还是没来电话，我们又带着失望的心情回去。

就在快到家的时候，歹徒又来电话说：“为什么没来展览场。”

“刚才就在那里等了两个半小时啊！”我答道。

“再去一次，现在就去。”歹徒说。

歹徒接二连三地改变主意，更换付款地点，目的为何？令我感到不安，很担心晓燕的安危。

再次回到新庄的住宅展览场。歹徒又来电命令说：“到刚才那家的隔壁。”

歹徒一定是在同一个地方监视我们。

感到非常口渴，我问歹徒：“我口好渴，可不可以进去喝杯水呢？也想上厕所……”

由于被监视着，为了不被怀疑，所有的行动我都必须得到他们的允许。

进入室内，我拿杯子装水时，忽然想起车中的三位警官。我们离开村长家已经超过十个小时，这期间他们没吃也没喝，尤其是躲在狭窄后座下的两位警官，一直弯起身躯躲藏着，一定很难再忍受下去了，应该很想上厕所吧。

我想为他们装点水，可是又想到歹徒的监视，只好作罢。

歹徒再次来电："以时速十公里的速度回去你家，并将车灯一亮一灭地沿途开回去。"

被一再捉弄的我们，心中又急又气，但也无可奈何。歹徒指示我开车的方式，必定是想在途中让某人确认车子的动向。当时，我感觉到歹徒肯定是个庞大的组织。

快抵达我家时，我发现再三拜托请求远离的SNG电视转播车和新闻记者们竟然还待在那里。糟糕，若是歹徒在附近监视的话，肯定会看到这种情况。

这时歹徒又来电话："到林口体育馆。"

到了体育馆后，歹徒又指示："到附近的家具店去。"

依照歹徒的指示，我进了家具店，不明就里的店长一直热情的给我介绍每样家具。

我发现店里站了几位一眼就可认出的便衣警察，他们这样不知伪装，让我十分担心歹徒会从窗外看到他们。

结果，等了两个钟头，我又一次被放了鸽子。

我既疲倦又沮丧地回到村长家，不知是从何处泄漏了风声，沿途竟然再一次被许多新闻记者跟踪。我要求他们离开，记者们说：“我们也很担心你女儿的安危，所以想来帮你的忙。”

听来似乎很暖心，但当时的我条件反射地把他们与未知的歹徒联想在一起。他们看似温暖的问候，是在拿我女儿的性命开玩笑；他们一个个逼近的脸孔，令我感到无比的恐怖和狰狞！

回到村长家后，后座的两位警官因为躲藏时间过长，再加上身体一直弯曲着，已经无法站立了。

看到他们脸色苍白，勉强站起来，满头大汗，半走半爬地冲进洗手间的状况，我心中感到万分的抱歉。心中却也想着，今天若与歹徒直接面对了，以他们这样的状况如何与歹徒搏斗……

炼狱第六天：悲伤的流浪者

1997 年 4 月 19 日，星期六。

媒体再到发挥了他们“无穷的威力”，追踪到了我的最新位置。村长家是住不下去了……

清晨五点，天还没亮，我和三位警官确认停在村长家周围车内的记者们熟睡后，悄悄地拎着鞋，光着脚从后门离开。

经过记者车子旁边时，我弯下腰，像小偷似的蹑手蹑脚，前进一段距离后，就使出全身之力往前冲。

不知跑了多久，确定没人跟踪后，我准备穿上鞋，这才发现脚底已在渗血。

拖着疼痛的脚，心里一片茫然，上哪儿去好呢？我跟着大家茫茫然地步行了一阵子。

灰黑的夜空，渐渐地露出微光，天就快亮了。

我们深感走投无路之苦。

现在的我，不只是找不到女儿，就连自己也无处可去……

我们拖着沉重的脚步，不知走了多久，我突然想，现在回家应该不要紧吧！

果然，没人察觉我回家了，现在真成了最危险的地方就是最安全的地方。

我们到我家后，歹徒也没再来电联络。

为此，我与警官在家里激烈地争吵起来。

我认为警方的伪装太粗糙了，十七日和十八日两天，我们的行动完全是因为被歹徒看破而失败。

现在歹徒连电话都不打了，或许他们已经完全认定我已报警，或许他们会放弃这次交易……可是警方说：“歹徒没有联络只是一种手段，不需要那么担心。”

你们不担心我担心啊！

我女儿失踪第一天就被他们切掉手指，又痛又怕又饿。何况过了这么多天，你们认为她撑得过来吗？

终于有人说："这种情况并不乐观，两天都没有联络，我认为歹徒正在移动中。恐怕在逃亡之前，有可能将碍手碍脚的人质杀了……"

在极度的伤心下，我几近奔溃。

虽然我知道大家一直努力不懈救人，可是晓燕呢？渺无音讯！凶多吉少！

害怕……害怕……害怕……

1997 年 4 月 21 日，星期一。已经一个星期了。歹徒与我中断了联络。

我把自己关在房里，想着这一个星期，晓燕到底受到什么样的遭遇？

假如她没吃没喝的话，应该是已到了忍受的极限。而断了小指的手，歹徒到底有没有为她止痛、敷药？若是没有，光是破伤风，也会要了她的命。

我好恨我自己，没有好好保护她，反倒是我为生活所做的努力害了她！

我是晓燕这世上唯一能依靠的人。在晓燕的眼里，妈妈就像一座山一样，值得信赖，我让她觉得没有父亲并没什么大不了。

在她心中，母亲是万能的。

但是现在的我，却是一点办法都没有。不仅如此，还是因为我这个母亲，才让她受到这样的折磨。晓燕，妈妈真的很对不起你，对不起你！

隔天二十二日，依然没有歹徒的电话。为了不让记者摄影，我拉上了家中所有的窗帘，整个屋子显得阴沉沉的。

这两天来，我就像沉在阴暗、无声的深海底，咒骂自己的懦弱、悲叹自己的命运，更痛恨歹徒的残忍。

炼狱第十天：陷入绝望

1997 年 4 月 23 日，星期三。

连续八天的极度恐慌、疲累，加上哭泣、流泪，我一不小心睡着了。

忽然间，电话声惊醒了我。

早已陷入绝望中的我，在接到电话的那一刻，心中竟充满了庆幸。

“晚上七点，一个人到新竹体育馆。”歹徒指示着。

约定的时间到了，他们还是没出现。

我想歹徒一定是从某个地方观察这边的情况。

九点、十点，早已过了约定时间，仍然不见歹徒露面。

这段时间，我习惯观察周遭的情况。我似乎已成了办案的刑警。

看到一位拿着网球拍的男人，虽是一副休闲装扮，但是我感觉是警察所扮的。

停放在离我不远地方的车子也很怪异。仔细一看，车里的人居然拿着长镜头朝我这边拍，又是报社或电视台的摄影记者。

我已拜托过他们了，为何……把别人的不幸、把人命作为报道题材的人，我充满了无力感。

记者们步步逼人的跟踪方式，是会让晓燕送命的，我赶忙拜托身旁的警察用无线电请他们离开。

结果呢？

拿着网球拍的便衣警察，朝着那部车走过去，跟摄影记者短暂对话后，过了不久，那部车似乎只是绕了一圈，又回到原点。此时前后左右四周都是媒体，更夸张的是，天上还有媒体的直升机盘旋着。

看到这种状况，我的整个心都凉了，死了！晓燕稳死的，她死了我也不想活了！

到了十一点，歹徒还是没出现。

而我分不清哪一个人、哪一辆车是刑警，还是记者，抑或是歹徒。

啊！我彻底崩溃……

1997 年 4 月 24 日，星期四。

歹徒又中断了联络。但是今天，警方拿来了很多监录歹徒声音的录音带。

听了许久，没听到任何熟悉的声音。

不知已听了几卷……听觉也渐渐开始麻痹时，突然，一阵熟悉的男人声音传入了耳朵里。

正是威胁我多日的男人声音。

就是这个声音没有错！

就在确认的这一瞬间，我无法控制自己的泪水和哭声。

我不停地哭。

终于有了歹徒的线索。以为马上就可以见到晓燕的心情，一直无法平静。

总觉得早已远离我的晓燕，此时此刻，又回到了我的身边……这种感觉，的确令我感到些许的安心。

可是，不赶快行动的话，晓燕就快痛死、饿死了！

1997 年 4 月 25 日，星期五。

下午六点四十五分左右，歹徒又来了指示："晚上八点钟，一个人到桃园体育馆来。"

我一路奔往桃园，坐在车里，心想：林口、新竹、桃园……为何歹徒总是指定体育馆为交款地点呢？

我在指定的时间内抵达体育馆，依然不见歹徒出现。我心里想着等歹徒拿走了钱，放了晓燕之后，无论天涯海角我一定会去找他拼命。

九点左右，正当我们准备掉头回家时，手机响了。

是警方打来的："歹徒刚刚落网，请你马上回家待命。"

捉到歹徒了！我大声叫了起来。

赶回家的路上，车子里像是放了鞭炮似的，充满了欢呼声。

海啸般的欢喜一阵过后，随着而来的又是忧虑、不安。

从十四日开始算起，已是第十二天，晓燕到底有没有吃喝，手指头还痛着，身体一定相当虚弱吧！

如果已捉到歹徒，晓燕也应该被救出来了吧？

警方也应该会将生命垂危的晓燕直接送往医院，怎会叫我回家呢？

想到这里，我开始坐立不安，立刻对开车的警察说："我们不回家，直接去医院吧！"

但是警察却对我说："不行，捉到的不是主嫌犯，所以无论如何，我们得马上回家等候消息。"

不是主嫌犯？这和刚才听到的不一样啊！这到底是怎么一回事？

警察安慰我："你不用担心，过不了多久，嫌犯就会将共谋及藏晓燕的地方招供出来的，你可以放心啦！"

看那位警察充满信心的样子，我恢复了镇静。算了算时间，大概还要过四十分钟才能到家。

这时我想到，我得帮晓燕准备换洗衣物和盥洗用具。

一回到家，我马上冲到晓燕的房间。

底裤、胸罩、袜子、毛巾、浴巾、衣服、牙刷，还有她睡觉时不离手的布娃娃……

我忙碌地打包着行李，把一切准备妥当，随时等候联络，飞奔过去。

我要紧紧地抱住她。

即使她上洗手间，我也寸步不离……

我拿着装满晓燕东西的行李袋，急得像热锅上的蚂蚁，一分一秒就像一个世纪！

到了十一点，仍然没有消息。

我渐渐不能抑制自己的情绪，冲动对着一起等待消息的警察说："为什么到现在还不联络呢？"

警察劝说："在侦讯当中，如果打电话去催促，可能会妨碍他们办事。"

我又再次强迫自己冷静下来。之后，又继续等了三十分钟，我的耐性似乎已到了极限。

我打电话询问警方，也只得到一些不得要领的回答。

我开始感到疑惑，觉得不太对劲。我不停地想象那些降临在晓燕身上的痛苦。

那些失去人性的歹徒，一定不可能替晓燕处理手指的伤势……

伤口肯定已严重化脓了。

十二天！已经痛十二天了啊！

伤口的疼痛、恐惧和饥饿，哪个小孩能够忍受得了呢？

甚至暴力……那些不正常的暴力男人，啊！我简直不敢想象……

我渴望见到女儿心情已高涨至极点。即使晓燕从歹徒的邪恶控制中被解救出来，她的心理可能一辈子都无法恢复正常。

看了一下表，时间是凌晨两点。

此时，电视正实况转播刑事警察局局长的紧急记者会。

这到底是怎么一回事？

我不能理解到底发生了什么事，只能眼睁睁地盯着电视画面看。

这时候，刑事警察局局长发表了晓燕被绑架的事实，还有另三名嫌犯已遭逮捕的消息。

我这才从电视上得知歹徒的名字。就只是这些消息？

晓燕呢？她怎么了？

我情绪激动地等待着警方发表晓燕被救出的消息，然而从刑事局长口中说出的竟是——至于主嫌犯三人仍在逃亡中。

像被雷电打到似的，我当场跳了起来。

我不管记者招待会是否已结束，急忙拨电话给刑事局长。

“实在是非常抱歉……晓燕的下落，我想只有主嫌犯才知道，尚未……”这就是刑事局局长无奈地回答。

我拿着话筒的手不停地颤抖着，禁不住的泪水又再夺眶而出。

好不容易才变得开朗些的亲族们，气氛陷入更郁闷的气氛中。

我处于愤怒和惊恐的状态中。

如果晓燕就这样行踪不明的话，我将会死掉，我不想活了。

无穷尽的煎熬等待，结果徒留满腹的惊慌与悲伤。

为什么在歹徒尚未全部逮捕之前，就召开记者会呢？至少在未确认晓燕是否平安之前，应该要隐瞒这件事，不是吗？但是警方告诉我，如果没有公开此事，也就无法阻止歹徒逃亡国外。

炼狱第十三天：锁定歹徒身份

1997 年 4 月 26 日，星期六。

离清晨六点的记者会还有两个半小时。

等待的过程中，我的心头如同蚂蚁啃食，脑中一片空白，我该说些什么才能够拯救晓燕呢？

六点，我将面对这十来天里我最最痛恨的媒体，但我现在却需要他们的协助。

我面对着摄影机："晓燕从失踪到现在已经第十三天了，这十三天的苦心煎熬，我因为报警让事态变得不可收拾，我好像做错了，可是我没有后悔报警，因为社会不容许这样的事情一再发生。拜托大家一起救晓燕。她只是一张白纸，一个弱小的孩子！"

后来情绪无法控制，暴哭呐喊："请大家帮忙，救白晓燕！"

一连两天，淡水、五股、八里、宜兰、新竹等地，军警调查局开始进行大规模搜索，寻找晓燕的下落。我的家人、亲戚朋友们也都加入搜索阵容。

不仅如此，全台湾人都在帮我们祈福、祷告。

结果，在五股和淡水，其中一名主嫌的住处里，发现了晓燕曾被监禁的行踪。

但是，警方总是慢了一步，一波波的失望，分秒必争的惊慌，我头疼欲裂，全身发热。我想我可能要生病了！老天爷，紧要关头，我不能倒下去！

炼狱第十五天：永别了，我的女儿

1997 年 4 月 28 日，星期一。

已过了两个星期，这两个星期感觉比两个世纪更久。

警方开始公开搜索之后，虽然渐渐缩小了侦查逮捕范围，但是依然没有晓燕的任何线索。

事到如今，已不是灰心沮丧就能了事了。别说一天的时间，即使只是一分一秒，夺走晓燕性命的可能性也很大。况且，大规模的搜索，歹徒为了要逃亡，会不会把她丢弃在人烟稀少的荒地，让她自生自灭……还是……

一想到这里，我就心如刀割。

每天的搜索都不分白天黑夜，到了夜晚，大家甚至拿着手电筒寻找晓燕，彷佛又回到第一天在长庚球场找寻的景象。

晚上七点，自从警方召开记者会那天以来，一直开着的电视机，传来一项惊人的消息。

在五股工业区中港的排水沟里，发现了貌似晓燕的年轻女性尸体。

这个报道是怎么一回事啊？

我早已习惯媒体以戏剧性的态度来报导这件事。但是，我绝不能容忍他们在尚未确认身份之前，就扯上晓燕。

至少，警方都尚未与我联络。

可是在那之后，多家电视台也都播放了相同的报道。

根据报道，尸体的左手小指被切断了……

我一时血压上升、心凉了、人颓了……

我想，或许我该认命了。

我始终抱持的一线希望，如今破灭了。

在陈尸现场见到离别十五天的晓燕，她早已不成人形。

那小小的胸部和微胖的腿，一眼即看出是我可怜的晓燕，我仔细看着她的头部、脸部，因被歹徒殴打而变了形。天啊！这些歹徒真是太狠毒！

歹徒将六支大铁槌紧紧地绑在晓燕的脖子上（三支）、腰上（两支）、及脚上（一支），左手小指头被切断，伤口用铁丝缠绕着……看到此，我的心真的被撕成碎片了，我那样哀求歹徒，他们还是完全泯灭人性。

脸部完全看不出晓燕清纯的容貌，眼睛已被鱼类啃食了……

头部肿了两倍大，一根毛发也没有，塌了两个大大的窟窿。

腹部则有多处紫黑的淤伤，那是被踹的伤痕。

我悲伤的告诉晓燕："看到这样的你，妈妈心好痛，妈妈救不到你，对不起你！你现在还痛吗？不痛了吧！看到你解脱了，总比还落在他们手里好些。你痛，妈妈就痛，你不痛妈妈就不痛，现在我们都不痛了……"

忍住眼泪不让决堤，才是我此生最痛苦的经验啊！写到这里我又不能自已……

现在，晓燕离开世间已成事实，整个事件，检警调单位输了，晓燕的生命也赔上了。我不甘心，我绝不能哭给躲在暗处的歹徒看。

我更不能在晓燕面前哭，她死前多么盼望她心目中勇敢的妈妈前来救她，然而有能力帮助别人的妈妈，却在自己的女儿最危难的时刻束手无策。

老天啊！若真有神佛，你们都躲到哪儿去了呀……

1997 年 4 月 29 日，星期二。

眼前，刑事警察局局长流着眼泪向我道歉。

在我眼前流泪的这个人，竟是维持台湾治安的最高负责人之一。

晓燕依赖我，而我依赖这个人，才能撑到今天，如今让我看到他软弱的一面，我无所适从，我心里很苦……

但是，绝不能再让歹徒取笑我们的懦弱。

只是，当我从法医那里听到报告时，心疼到极点。

检验结果，头部有三处被钝器殴打的痕迹，其中两处的伤痕极深。

胸部及腹部也有多处的外伤，特别是在肚脐的斜右上方处，留着曾被强烈踢过的伤痕。

解剖的结果，肝脏有五处破裂，胸部和腹部等的内出血合计为 800CC。

死因则是被绳子勒住脖子导致窒息身亡。法医说，就算不勒毙，光是内出血也会导致死亡。

处女膜有显著的新裂痕。

胃里完全没有任何食物。

被切断的手指头仅用铁丝绑住止血而已，无任何治疗迹象。

推测死亡已经过了八至十天。

以上是晓燕的死亡纪录，同时也是我的心的死亡纪录。

和晓燕身上的伤口一样，我的心也被刀子切割着。

和晓燕的伤痕深度一样，我的胸口深处也被刀子插着。

我知道她曾经好痛，我也好痛，好痛……

为何歹徒会做出如此惨无人道的事？

素未谋面、更无恩怨的歹徒，为何如此对待一个孩子？

为了钱？人就会变得如此残暴吗？

过着地狱般煎熬的十五个日子里，留给我的是永远的伤痛。

后来，我在法庭上听到了歹徒的证词。

他说第一次要切断晓燕的小指时，刀子太钝切不下去，他就拿一块砖头往刀背敲上去才应声而断，又听到他们描述因为拿不到钱，就把气出在她身上，还详述如何虐打她的过程。被绑在椅子上的晓燕被他们一脚踹的连人带椅子翻下地，就听到头着地“叩”的一声，把她抓起来继续再打，

我好想冲上去打他！可是我只是在那里不断哭泣，我恨自己怎么那么没用！

今夜我再一次无法阖眼。

一闭眼睛眼前尽是晓燕可怜的样子，那变形的头颅、那不见的眼球、那全身的淤青、那肿胀的断指、那800CC的瘀血，天啊！我不知道晓燕怎么承受过来，我无法想象是什么样的心肠，可以做出那么残忍的事。

相信这样的画面，将会一辈子伴随着我，直到我老死。终

于理解为何法医、法警劝阻我不要进入解剖室。我悲从中来，放声大哭，不知哭了多久，我只知道眼睛好痛，心更痛，我不知该将我的痛告诉何人，我到佛堂向菩萨哭诉，拿起佛经，却一句也念不下去，回到书房拿起笔来，把我的心情写下来，这封信不知该寄给晓燕，还是给我自己。

我不知道还能说些什么

1997 年 5 月 10 日是晓燕的出殡日，我在她变形的脸庞上，贴上她生前最喜欢的照片。

和我相依为命十七年的女儿，今天就要离开了，我心中万般不舍。

我祈求老天爷帮助她去一个没有恐惧、没有痛苦的地方。而我必须扮演一个她心目中勇敢的妈妈，不能让她看到我的眼泪，我想这辈子我将带着满满的歉疚与自责活下去。

我最亲爱的女儿，希望你的离去，能带走一切灾难，即使只有短短的十七岁，短的来不及认识这个世界、来不及记得许多爱你的人的脸庞。

当灵车送走晓燕的那一刻，伴随着众人的哭声，我更强烈的意识到今后我将独自啃啄孤独的命运。我干号着，我已无泪、无望、无梦……

晓燕啊！你在天上，看得比较高也比较远，你一定要好好的看顾所有的孩子们，别让他们害怕、惊吓！希望你在天上能给妈妈力量！

1997 年 5 月 3 日，晓燕事件激发了群众的强烈情绪，大家走上街头追悼晓燕，诉求加强保护儿童安全前夕。

5 月 4 日，台湾出现了首次与政治无关的街头运动，五万民众携老扶幼全家出动游行，强烈要求改善治安。

妈妈们强烈要求政府重视儿童安全。那些忧心忡忡的妈妈们，除了痛心我的遭遇，更期盼因为晓燕的牺牲，让全天下的孩子不再恐惧，全天下的妈妈不再哭泣！

5 月 18 日，群众再一次大规模游行，逼使政府拿出改革魄力。

8 月 19 日，大约有五百名警方与在逃嫌犯在台北市龙江路展开了激烈的枪战。历时约三个小时的枪战中，警员曹立民因公殉职，留下了未婚妻与遗腹子，给了我很大的打击。为了要逮捕歹徒，失去了另一条宝贵的生命，警察的家人此刻也一定和我一样悲伤。

◀晓燕出殡

晓燕走了之后没多久，我的父亲伤心过度也走了。现在，家里尚剩高龄 91 岁的母亲，我自己也都一甲子了，虽然兄弟姊妹们都很照顾我，但各有各的家庭。

晓燕及父亲去世后，我常待在佛堂里，默默地为他们念经、回向。

19 年了，我没有一天不伤心、难过。只要夜幕低垂我就崩溃，心中好不容易痊愈的疮疤，生怕被触碰到，虽说时间久了，记忆也就跟着淡薄，可是不论我做什么，在我周遭的一切，总是不经意地与往日的晓燕连在一起，我的记忆也就不断地被唤醒。

啊！这是晓燕喜欢吃的菜，那是她不喜欢的。

洗澡的时候："晓燕啊！妈妈心脏不怎么好，泡澡的时间若是太长，你每隔十分钟来看妈妈一次啊！"

晓燕："我才不要呢！你的身材又不好！"

她会故意如此与我斗嘴，然后开怀大笑。

晓燕是爷爷带大的，他们两人感情最好，在每一个我缺席的时光，他们爷俩会偷偷地去做平常我不允许的事，诸如到庙会看艳舞，或喝过多的可乐，被我发现之后，两人互相指责。

这些往事如今都变成令人怀念的美丽记忆，我每天都沉浸在这些回忆中，那些当年的不可以，到如今每当要追悼他们的时候，我反而会买一大堆的可乐来祭拜。

公益成为我唯一的寄托

后来，我成立了“白晓燕文教基金会”。透过基金会，我结合社会大众的正义力量，想做更多对社会有意义的事。我认为治安的恶化，与每一个人都脱离不了关系。

如果晓燕的死，能为病入膏肓的社会治安开了一张诊断证明书，那么也该是寻找特效药的时候了，那就是充实站在治安第一线的警力。

在搜索晓燕的过程中，我把警方的优点和缺点都看得很透彻。

最主要的缺点就是警方内部制度不完整，以及关于犯罪的各种问题研究不足。警察的配备不够先进，常有歹徒犯罪使用的枪械都比警察拥有的更精良。

最快的解决之道，就是盼望警方多研究一些关于犯罪的各种问题以及充实警员的装备、精进警员素质及搜证能力。

因此白晓燕基金会成立了警察子女奖助学金来支持警察、鼓励警察。

我走过很多坎坷路，多年来不管多穷、多苦，我都不曾抱怨过，不管碰到什么样的境遇，我都勇敢地接受。我一直以为不能认命，应该用双手运作自己的命才对。然而从不认命的我，却无法摆脱命运的捉弄。

我的遭遇不希望任何人再遭受，因此在纪念晓燕的墓志铭我刻上“晓曦浮海复明人间光景、燕子归山唤得天下太平”。这两行字阐明了我的心意。现在，我尽自己的一切力量做公益，就是想用晓燕的名字延续她的慧命，你活不够的妈妈会加倍勇敢活下来，有一天妈妈走了，晓燕你会永远留在世界上。

▲ 冰冰姐为募捐善款所作的画

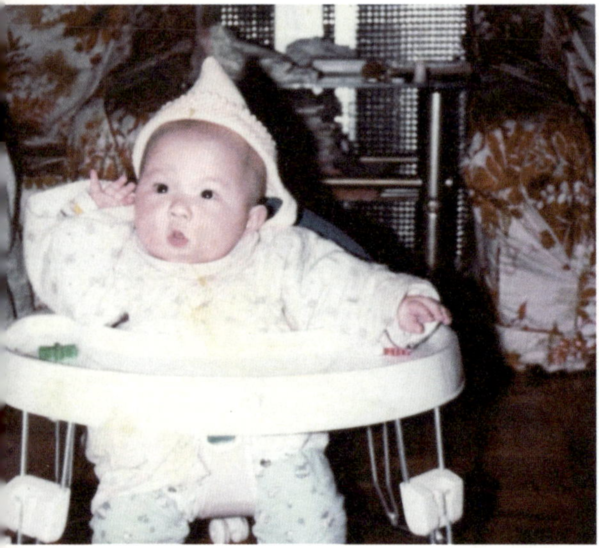

写到这里，我整理好心情，鼓起勇气去晓燕房间整理她的遗物，看到她的每一件衣服，令我想起我们常常驻足街头，看着她对着橱窗里的漂亮衣服，投射期盼的眼神，我就苦口婆心的劝告她要节俭，不要浪费，明知道她很喜欢，还是狠心把她拉走，如今想来，悔不当初。若知如此，当时我就不违背她的心意。

晓燕的母校非常体贴的把她上课使用的桌椅送给我，我摸遍了每一寸晓燕使用过的地方，我拿出她的作文，里面有一篇“我的母亲”，内容写到妈妈辛苦工作把她养大，她将来想读政大

▲ 晓燕的珍贵瞬间

传播系，第一志愿是想担任电视台的主播，又写到妈妈的信仰是观音和关公，兴趣是收集邮票和钞票。看到这里我才了解，难怪全校师生都说她是一个非常温暖及幽默的人。

我一张张地看着相簿里的照片，从她呱呱落地，到豆蔻年华的 17 岁离开为止，每个阶段的成长照片。有让妈妈背着撒娇、有可爱的黄毛小丫头、也有刻意装扮的沙龙照，我的情绪也跟着每一张照片起伏，最后当眼泪如流水般溃堤时，珍贵的照片上面也被泪水打湿了。深夜抱头痛哭之后，我安慰自己，许多人因为白晓燕而起了更大的慈悲心，白晓燕燃起了追求生命权的火种，社会大众更加重视儿童安全，晓燕的牺牲是有价值的。

十几年过去了，我梦到她的情境少之又少，曾经为此花了很多冤枉钱，被带到各宫庙，做了各种法事，结果完全徒劳无功，还目睹所谓的观落阴、牵亡魂，看到乩童努力的演出白晓燕，我心里在淌血，我知道那根本不是她……尔后我就再也不听信任何有关如何为白晓燕超度的建言了，但三天两头就会有好心人来告诉我梦到白晓燕，而且衣不蔽体，很寒冷的站在我家门口进不去……

等等诸如此类的讯息，让身为母亲的我心痛的不得了，信也不是、不信也不是。只要一听到有人这样告诉我，我就把晓燕的衣服拿到宫庙去作法烧给她，以为这样她就能收到衣服，就不会冷了……

结果就这样一而再，再而三的烧衣服，后来我发现晓燕的衣服已经被我烧到剩两件，我才如梦初醒，觉得再这样下去不是办法，所以我在此告知大家，谢谢大家对我及晓燕的爱护，请大家不要再来告诉我有关晓燕的任何状况，因为每听到一次，我的心就纠结难过很久，我怕过不了自己这一关，心中好不容易抚平的涟漪，让我平静地活下去吧！

而且我真的不会再为任何梦境去做任何傻事了。晓燕仅剩下的两件衣服，我留着自己穿，所以偶尔会看到我穿着较为年轻样式的衣服，那就是晓燕的。

有人告诉我，我没有梦到晓燕，是因为晓燕孝顺，舍不得我再为她难过，但对我来说，能在梦中与晓燕再次相聚，能再抱抱她、跟她说说话，让她知道我有多爱她，这对一个失去女儿的母亲来说，只能盼望透过这样的方式得到安慰，虽然结果并未如愿，但庆幸我终于慢慢的懂得要活出自己，不能被绑在这种悲伤情绪中，我深深悟出了“行到水穷处，坐看云起时”的道理，这已经是我人生最难过的关卡，我要努力过这一关。

有部知名的歌仔戏曲，叫《薛平贵与王宝钏》，里面最耳熟能详的歌词是“身骑白马过三关”，而我的人生，大关小关都经历过了，未来尚不知还有多少关卡，走过坎坷荆棘道路，历尽波涛汹涌的我，相信会有勇气去面对的。

世界那么冷，幸好有你们

晓燕事件一个月后，家门口已经完全没有任何媒体及围观的民众，有一天深夜，费玉清打电话给我说：“冰冰，你还好吗？”

当时的我还沉浸在失去晓燕的悲伤情绪中，很难去表达我的心情到底好不好，他问我：“我要去你家，你方便吗？”

我说："当然好啊！我现在很希望有人可以陪我说说话。"

他马上说："好啊！那你就开门吧！"

原来他已经在门口了，让我换衣服都来不及，穿着睡衣出来接待他，善良又低调的费玉清翩然出现。

从那天开始，费玉清每天晚上都来我家陪我说话，直到天微亮了才离去，就这样持续了一个月，直到他看我心情稍微平复之后，他才放心地去忙自己的工作，我们家人都觉得好感动。

因为他来我家的时间都不固定，所以有一次他来按门铃，我还来不及把家里的狗狗"小乖"拴好，结果门一开，狗就跑出去了，我们立刻追了出去，我们一边追着狗一边叫它的名字，没想到它却头也不回地越跑越快，一下子就跑远了。我和费玉清在我家附近找了许久,还是不见狗狗的踪影,只好先回到我家。

整个晚上我们一直担心着，万一小乖没回来怎么办？它其实有时候也会自己跑出去，但没多久又会再自己跑回来，从没像这次一整晚都没回家。这让我有点担心，所以每隔一小时就去围墙外看看狗狗是否有回来，就这样一直等到清晨。直到早上八点多，家人告诉我小乖回来了，因为在监视器看到它在家门口徘徊，我赶快出去开门让小乖进来，结果小乖玩得全身脏兮兮的。

结果这一次离家出走后，小乖就怀孕了。

有一天，当我工作结束回到家，家人告诉我小乖一整天都没吃饭，我担心小乖是否生病了，去看它时，发现它正努力的在生小狗，我紧张地一边打给兽医，一边请家人帮忙注意小乖的情况。后来小乖顺利生了八只小狗，都非常健康，但家里忽然多了那么多只狗狗，让我一时手足无措，赶紧打给费玉清请他来家里一趟。等他来家里，我赶忙把他带去看小乖，跟他说：“你看，都是你，现在生了那么多只小狗怎么办？”

没想到费玉清幽默的说：“关我什么事，又不是我播的种，难道要我负责喔？”

让我们全家人啼笑皆非。

小乖其实是费玉清从外面捡回来的流浪狗，但因为他家已经养了吉娃娃，若再带陌生的狗狗回家，怕体型小的吉娃娃会害怕，只好把小乖带来给我养。

时间过得很快，小乖很快17岁了，记得有一次我在家里跟妈妈对坐着，看着妈妈日渐苍老的样子，越看越不忍，虽然从小妈妈就对我不好，但是现在看到眼前的老母亲，凡事不能自理，行动变得缓慢，理解能力也退化很多，我的恻隐之心油然而生，觉得人老了真的很无奈，就只能倚靠亲人。

我心里想着现在妈妈还健在，兄弟姐妹们有空都会回来看看妈妈、陪她吃饭、聊天，倘若有一天妈妈不在了，大家各自都有家庭、事业要照顾，我无法想象未来只剩自己一个人的时候要怎么过日子？

▲ 冰冰姐与小乖

惆怅的我信步走向庭院，看到小乖正在庭院里啃着它的脚指头，我叫着牠：“小乖！”，以前的它会很兴奋活泼的跑过来，但这次却看到它步履蹒跚、气喘吁吁地跑过来，我这才惊觉，原来小乖也那么老了，一家都是老人。

其实往好处想，我家也算是长寿家庭，爸爸 86 岁离开，狗狗也活到 17 岁才因为疾病离世。现在妈妈也已经 92 岁高龄，而我自己也都一甲子了，还能继续活跃在演艺圈做自己喜欢的工作，想想也是好福气啊。

菅芒花是否还有春天

与晓燕相依为命的时候，也正是我演艺事业最夯的时候，同时轧了五部戏，加上主持节目、唱片宣传，创下十二天没睡觉的纪录。其实这样的状态对作品是伤害的,因为精神状况不佳，整个人是错乱的，所有的工作在脑子里互相交错，拍戏时甚至可以睁开着眼睛睡着了，但是我还是勉励自己“上坡路是难走的”，我一步一步很艰难地爬上来，所以再怎么累，我都要珍惜每一个得来不易的机会，因为演艺圈生态是很现实的，当你红的时候大家抢着要你，但不红的时候即使你跪求人家，人家也不见得要用你。

我一直以“菅芒花”比喻自己，因为它耐热、耐寒、耐旱、耐潮；种子随风飘散，坚强的开了满山遍野，它或许不美，但生命力强！

但晓燕离开后，我停止所有工作，整个人就像跌入地狱的深渊，每天沉浸在思念晓燕的哀伤里，洗脸时常常无意识的看着镜子中的自己，水泼在脸上，却分不出从脸上滑落的到底是水珠还是泪珠，每日以泪洗面，觉得人生再也无意义。

台湾戒严时期只有三家无线电视台，解严之后又增加了“民视”，新电视台要开播，希望能翻拍《菅芒花的春天》成为他们的开台大戏，所以向我买了《菅芒花的春天》的版权，我也把收来的版税全数捐到“白晓燕文教基金会”。而这部戏也奠定了往后民视稳坐八点档龙头的宝座，回忆过去，这是泪水里的一点光芒。

当时，民视总经理几度专程到我家洽谈，希望我能亲自出演《菅芒花的春天》我自己的角色。但正处于丧女之痛的我，已经无心力再去从事任何演艺工作，所以坚决婉拒了邀约，因此民视找了别的演员饰演我，但他们希望我能在每一集的片尾录一段“冰冰的话”，让关心我的社会大众每天都能看到我，我也感恩大众在晓燕事件发生时，对我们母女所做的一切，于是我同意了这个建议。

故作坚强的我，每天分享我的心情点滴，或以正能量的座右铭与观众互相勉励，结果播出之后相当受到欢迎，好多人写信来与我分享他们的心情、他们对晓燕的心疼、对我坚强意志力的敬佩等等……其实当时的我并不是那么坚强，只是努力隐藏忧伤，只因为我不能让当时还逍遥法外的歹徒看到我的懦弱，所以我必须振作起来，为晓燕讨回公道，为社会正本清源。

不久后，民视要筹拍新的八点档大戏《春天后母心》，制作人告诉我，剧情非常精彩，剧中女主角的遭遇更是一种演技挑战，而我是全民最心疼的母亲，希望我能主演这部戏。

我告诉他，自从晓燕走了之后我就决定要离开演艺圈，因为过去忙于事业，我的内心深处对晓燕一直有一份愧疚，曾经三餐不继的母女，就是因为想让家人生活更有保障，才会夜以继日努力工作，没想到却因成就而害死了晓燕。

在她最苦难时，又因为我的职业缘故，让警方的工作被干扰到无法正常救援，我无时无刻都在自责。最可恨的是，晓燕走的已经够可怜了，坊间却有人恶意散播污蔑及毁谤我的消息，说我与歹徒是旧识，有生意往来，因为金钱因素而遭受报复等不实消息。

但制作人还是诚恳表示，戏里的角色非常适合我，他把剧本留给我，希望我有空时看一下，再好好考虑。但那时候的我根本无心工作，所以剧本就这样一直被我搁置在角落。

1998 年的冬季奥运会在日本长野县举行，主办方来找我，希望我能代表中国台湾到日本参加奥运传递圣火的任务。

第一次收到这样的邀请让我有些惊讶，因为一般能够参与此项活动的应该都是各路好手或运动健将，以我的身材跟体力，根本完全没想过能有参与奥运的一天。但主办单位告诉我，他们看到我在遭遇如此重大巨变后的坚毅表现，化悲伤为力量，正是奥运所追求的精神，永不放弃就是发扬奥运精神的最佳典范。

▲ 冰冰姐到日本参加冬奥会圣火传递

让我汗颜的是，现在正是我想放弃一切的时候，经历了那么多苦难，我的人生、我的事业再也没有意义了。当晚我深深思考，我要代表中国台湾参与奥运传递圣火活动吗？难道这是上天赐给我重新振作起来的机会？对我来说这可能也是最好的心理辅导，所以我决定答应主办单位的邀请。

那段期间，我勤于锻炼体力，每天接受台湾著名运动员纪政的训练，练习跑步及肺活量。

1998年2月奥运圣火传递活动正式举行，从没长跑过的我，在寒冷又下着雪的长野县开跑，右手高举着圣火，还得小心谨慎不让煤油滴下来，否则滴到衣服烧起来就不妙了。小小的个子，参与在一群大个子运动员中，跑到最后，身心俱疲的我体力实在不支，于是我靠着一边跑一边默念晓燕的名字，终于顺利完成了圣火传递的工作。

part 6

重新出发，给自己一个崭新的人生

从晓燕离开之后一直没睡好的我，每天晚上不是待在佛堂为晓燕念经回向，就是在晓燕房间看着她的物品，回想过去和晓燕相处的种种温暖回忆。

某天晚上我又因陷入思念晓燕的情绪中而无法入眠，为了让自己转移注意力，我随手拿起被我放在角落已久的《春天后母心》剧本，看了几页之后，我被里面的剧情所深深感动，越看越入戏，第二天马上打电话给制作人告诉他：“我决定演了！”

制作人听到我答应演出非常高兴，隔天立刻到我家跟我讨论开拍日期及未来的宣传方式。

在《春天后母心》里，我饰演一位坚强母亲，为了生活带着两个孩子嫁入豪门，成为人家的后母，之后却面临家道中落、丈夫失踪，一肩扛起家中重担，除了自己的孩子之外，我还需要负担重病的婆婆及患有精神病的前妻，还要应付前妻所生对我极尽刁难的两个孩子。

这部戏里最让我崩溃的一场戏是剧中前妻的女儿失足落水，我为了营救前妻的小孩，却让自己的女儿落水淹死。在孩子被打捞上岸时，我抱着孩子的尸首哭得肝肠寸断，这一刻让我想到晓燕被救上来时的画面，我声嘶力竭地痛哭着，把过去所有的痛苦全部宣泄出来。

这部戏我从年轻演到老，编剧为了弥补我的遗憾，让我在剧终时，儿女成群，前妻的小孩也都改邪归正了。这对一般人来说是再平凡不过的天伦之乐，但我却只能在戏里才得以拥有。透过戏里的角色听到大家一声声"妈妈"、"奶奶"，我每天都沉浸在这样的温馨气氛当中。

但终究还是有曲终人散的时候，戏结束了，最后一幕我躺在棺材里，闭着双眼的和祥面容，听着一句句剧中儿孙对我的不舍及感谢，那一刻我已真假不分，以为自己真的走到了生命的尽头，第一次觉得离死亡那么近。最后一幕拍完时，全场爆出最热烈掌声，这完美的结束也代表着民视收视率的再创新高。大家笑说我不仅演活人厉害，演死人也好犀利，一阵爆笑声中我也跟着大笑，但我记得我眼中是含泪的，这眼泪代表的是什么？我至今也说不上来。

那段时间，我将心思都放在工作上，把自己所有时间都填得满满的，借由忙碌的工作让心灵得到一些释放。人前我把欢笑带给大家，但其实我一点都不快乐，内心深处一直有个破洞。

以前我对人生有很多憧憬和愿望，希望能给晓燕及家人安逸的生活，这甜蜜的负担让我更有动力奋斗。但现在晓燕走了，我的人生没有目标、没有依靠，我不知道我为什么而活，每当夜深人静时，我总是反复问自己：“难道我这辈子就要这样孤老一生吗？”

身边的朋友也都为我担心，开始有人建议我为什么不考虑把晓燕生回来？一开始我是反感的，因为对我来说晓燕曾经是我的全部，我所有的爱都只留给她一个人，她是独一无二没有任何人可以取代的，所以不管朋友如何劝我，我还是没有接受。

但渐渐看着身边的朋友儿女成群，家庭圆满，一想到未来可能的孤老一生，让我的信心开始动摇。

我开始四处询问不孕症医师，来自四面八方的推荐也不少。蹉跎了一段时间之后，我决定到美国去做，所以我又努力地去了解这方面的信息，包含找美国合法的不孕症医疗中心、挑选优良的捐精者，最后通过友人介绍一对长期定居在洛杉矶的年轻夫妻，太太是博士，先生是做批发生意，身高有将近一百八十厘米，已育有一男一女，样子都非常漂亮，根本就是优生学的最佳典范，我又开始编织美梦。

我要把女儿生回来！

在进行试管婴儿疗程前，因为我已经答应一位制作人要出演台视八点档《雨中鸟》，整部戏近三个月的拍摄期，拍摄完成后我才正式进入调养身体阶段，准备进行一连串的疗程。

一开始，我忙着接洽医院、订机票、四处拜庙，先拜注生娘娘、再拜天上圣母、关圣帝君、观世音菩萨、土地公，后来看到三太子，觉得他好可爱，也向他祈求，

一切事情都准备就绪之后，我就搭飞机来到美国纽约。

为了能顺利取出卵子，医师让我吃多种荷尔蒙药物及注射大量的排卵针，由于当时的医疗科技没有现在这么发达，做一次试管婴儿手术，排卵前总共要打排卵针十四天，一天打四次，一次打三针，等于一天要打十二针。

取出卵子之后，必须卧床少做剧烈动作，一天再打三次的黄体素，也必须连打十四天。每当要打这种针剂时，简直是折磨、梦魇，大管的针筒、黄黄的针剂，往皮肤里扎，一般打针是刺破皮肤时痛，而这种针剂却是打进去以后越打越痛，打完以后会鼓成一坨硬块，需要用力搓揉让药剂散开，那区块下次才能再打。

每当打完针后，我自己用力的揉搓还是无法将之推匀，眼

看着其他疗者都是由家人或丈夫陪伴、打气，及帮忙揉搓，我心中感慨万千。尤其每次为了要打针，我都得往返医院一趟，一天得往返医院四趟。

我心里想，好歹我也曾做过护士，要不我就在家自己打了吧，省去来回的奔波。

但当我第一次要将针头刺进自己的屁股时，心里还是很害怕，为了完成使命，我咬牙做到了，只是当针刺进屁股以后，必须有一只手固定，另一只手推进针筒，现在想来简直就是做瑜伽的高难度姿势。

一次的疗程下来，再加上其他的补充针剂，我总共给自己打了一百三十多针。

打完十四天的排卵针后，接着就要进行取卵子手术，其实这项手术是有风险的，因为必须全身麻醉才能取卵子，所以医院要找我家人签署手术同意书，医生看到只有我自己一个人来很惊讶地问："你的先生呢？家人呢？怎么只有你一个人？"

听到医生关心的询问，让我忽然心头一酸，不自觉地落下眼泪，医生被我的情绪吓到，赶紧安慰我说："不要哭，别难过！没关系，你自己签，加油！加油！"

医疗团队们对于我独自一人到美国做试管婴儿手术的勇气都感到很佩服，但每个人都在自己工作岗位上忙碌，所以能够表达的关心也有限，但这有限的关心已让我觉得很温暖了。

取卵完毕后，我于迷迷糊糊中睁开了眼睛，病床旁边空无一人，麻醉已退，下腹部隐隐作痛，可见那手术的疼痛若是没有麻醉的话，一般人可能无法承受。

过了一会儿，护士进来告诉我，取了十二颗卵子都很健康，都植入之后若是幸运的话，搞不好还会生双胞胎，霎时一股暖流涌上我心头，我的人生似乎在瞬间又看到了希望。

她告诉我卵子受精后，会通知我去植入，但就在此时，另一位护士匆匆闯入急说道："糟糕了！那位男生取精失败，还在努力中，你是否愿意过去帮他？"

这让我冒出一身冷汗，我无法跟她坦白说那位男士只是我的朋友，他是来帮我的。就在紧张时刻，我突然冒出一句："你有告诉他只要一次吗？"因为我有看他拿了一个杯子进去，若你没告诉他只要一次，他可能会装满才出来，那岂不是要等一年！可爱的俏护士一声惊呼，转头跑走，三分钟后她回来告知："没问题，成功了！"还向我眨眼睛。

麻醉整个退掉大约需两个钟头，一般都需要有人陪伴，否则每个人体质不同，麻醉退后可能精神会恍惚、走路会跌倒。等确认我身体状况没问题之后，医生关心我要如何回去酒店，我告诉他们："没问题，我可以自己处理。"

美国跟台湾不一样，医院门口没有这么多出租车等候，必须用预约的方式才能叫到车。我觉得身体状况还好，所以决定用走路的方式回酒店。

我走了好长一段路之后，觉得下腹部越来越痛，眼看着酒店就在对面的山头，但盘算一下可能至少还得再走四十分钟，未免身体过于劳累，我决定搭出租车。可没想到，满街的出租车都是满载，偶然发现一辆空车，用力跳起来挥舞还是没有停下来，这时我才开始后悔刚才没有请医院人员为我预约车辆。

当时已接近傍晚下班时间，我经过一排商店时，看到商店接连“唰～唰”的一声拉下铁门，甚至还有珠宝店一拉下铁门，马上就有保安拿着长枪站在门口守卫，这让我看了觉得非常害怕，因为在台湾根本没看过这样的状况。

走着走着，我发现街上慢慢的多出了很多奇奇怪怪的人，想了半天才惊觉，原来在这个时间很多流浪汉和游民也开始出来活动了。有时候经过他们的身边，还会有人伸出瘦长乌黑的手对着我招手示意着“来～～”简直把我给吓坏了。

这时我瞄见路边有一家店还开着，于是逃难似的赶紧走进去。一进去才发现原来是一间面包店，店员亲切的问我要面包还是生日蛋糕？这时我才想起：“对吼！今天正是我的生日！”当下决定买一个蛋糕帮自己庆生，店员问我要多大尺寸的？我看了玻璃柜里各式各样琳琅满目的漂亮蛋糕，最后只挑了一个一人份的小小蜂蜜蛋糕。

店员惊讶问我："确定要这个吗？这不是生日蛋糕耶！要不要买大一点的可以跟朋友一起庆祝？"

我回答："不用了，我是一个人从台湾来的，在这里没有朋友，只能一个人吃。"

店员还开玩笑地说："哇！so lonely，那我陪你一起庆生好了！"

买完蛋糕走出店外，我手提着刚刚买给自己的生日蛋糕，一个人走在陌生的街道上，吸着陌生的空气，看着陌生的人群，想着刚刚与面包店店员的对话，虽然那是店员故意逗我的玩笑话，但其实我听了心里酸酸的，我心里想着："今天是我生日，但我却一个人来到人生地不熟的地方，为了再生一个孩子受那么多的苦，结果身边连一个可以陪伴跟安慰我的人都没有，甚至刚刚还被流浪汉及拿着长枪警卫的恐怖画面吓到，我到底为什么把自己搞成这样？"

一边想也不禁红了眼眶，如果不是那些坏蛋夺走了我的宝贝，我也不至于到这里受这种苦……但转头一想，如果受这些苦能让我顺利把晓燕生回来，让我能再次重温天伦之乐，现在所受到苦都不算什么。如果晓燕能重新回到我身边，我一定会尽我最大的努力好好保护她，绝不会让她再受到任何一点伤害。

期待再次为人母

随着天色越来越暗，街上的人也越来越稀少，这时候我更觉得害怕，还是决定叫车回酒店好了，但此时已离开蛋糕店一段距离了。又走了一段路后，我终于看到有一家尚未关门的商店，我走进去请他代为叫车，得到了对方的拒绝，他只是告诉我前面有一个公共电话亭。

我想着身上没有零钱，便拿一百元美金与店员换零钱，那个店员差点傻眼，眼看就要被拒绝，我告诉他我身体很不舒服，请他一定要帮忙。看着他慢吞吞的用与东方人不同的找钱方式，数到一百之后，我终于拿到零钱去打了电话。

打通车行电话之后，对方问我上车地址，但我根本不知道路名，只好请对方稍等，然后快步跑到有门牌的地方记好地址后再跑回电话亭，但对方却已挂断电话了。

徒劳无功，沮丧之余，我决定还是走回酒店好了。就这样又走了好长一大段路才终于回到酒店。

酒店人员看到我脸色惨白、气喘吁吁的样子，上前关心的询问：“你还好吗？”

我回答：“没事，谢谢你。”

回到房间，我累到喝下一大壶的水，休息一下之后，就把刚刚买的蜂蜜蛋糕拿出来点上一根蜡烛，眼看着被火融化的蜡烛，一点一滴地滴在蛋糕上，看起来就像蜡烛在流着眼泪，我无法形容自己当时的心情，第一次一个人在国外过生日，口中唱着“Happy birthday to me”，但心中却是万般的委屈与unhappy，挖了一口蛋糕，蛋糕吃在嘴里甜甜的，但心里却是酸酸的。

医院传来卵子顺利受孕的好消息，医护人员告诉我胚胎非常完美，未来应该是个可爱健壮的小 baby，同时告诉了我准备要植入母体的时间。

不久后我接受了第二次手术。这个手术过程最难受的不是身体的痛楚，而是无论取卵子或植入都得内诊，那过程才是令人最难以适应的。

胚胎植入之后，我乖乖地在酒店躺了十四天。这期间我什么地方都没去，什么事都不做，就只是躺着，偶尔起床上厕所时，都怕一不小心把植入的胚胎流出去。

每天睡觉时，我都小心翼翼地将枕头拿来垫在臀部，希望让胚胎能够更稳定的着床，甚至吃饭都是叫 room servis，请服务人员将餐点摆在我的枕头边，那呵护的情景就只差没有包着成人纸尿布。

这是我这一辈子第一次无所事事的躺在床上长达十四天，

这对平常忙碌的我来说简直度日如年，偶尔打开电视来看，看到惊悚的节目赶快转台，生怕影响腹中胚胎，看到好笑的也憋着气不敢笑，生怕给腹部压力。

每天我都忍着无奈与无聊，脑中编织着美梦，摸着胀胀的肚皮，这是我美好的未来，是我甜蜜的依靠。

十四天过去了，我怀着忐忑的心情看着胀胀的肚皮，心理超有信心，觉得我肯定成功了，但还是要经过医生的认证。

等待的时刻最折磨，终于看到医生带着笑容走出来，我迫不及待地问他："Yes？"

他带着笑容告诉我："No！"

那当下我不可置信的张大嘴巴，我不相信！明明肚子胀起来了，医生说："那是假性怀孕，很抱歉！并没有成功。"并说了一些安慰我的话，我的脑中嗡嗡作响，带着僵硬的笑容，忍着即将蹦出的眼泪，他说了什么我完全没有听进去，匆忙离开医院。

回到酒店，我赌气似的收拾行李，没有订机位就往机场跑，只想赶快回家，我归心似箭、黯然忧伤！

老天为我做了决定

回到台湾之后我收拾好心情，决定再一次找台湾最优秀的医师为我做不孕症治疗。当时与我同期做试管婴儿的演艺明星有张琼姿及金佩珊，我们三个人还互相鼓励支持，看着张琼姿及金佩珊都双双获得成功受孕之喜，我简直高兴极了，觉得这次真的万无一失了。

谁知道老天爷就是爱跟我开玩笑，当我正在做“植入后十四天卧床休养”的第十个晚上，突然天摇地动，这是我一辈子从未经历过的最大地震，南投震度七点三级，中部六级，新北市五级。

当时房子像摇篮一样左右上下剧烈摆动，所见之处一片漆黑。过了片刻，我听见屋外人声嘈杂，看来大家都逃到屋外去了。我也想跑，但我更想保住肚子里的胚胎，权衡再三，我最终选择留在床上。

一夜担惊受怕，撑到天亮之后才有消息传来，全台湾灾情惨重、台北市东星大楼倒塌、南投地区的道路、学校完全被翻起损坏……死伤惨重，全台湾都断电了。

当我躺在家里待孕时期，并没有让任何人知道我正在接受不孕症手术，当时还健在的演艺圈大姐文英阿姨打电话问我：“冰冰啊！你在做什么？”

“我在家里。”

“这时候你还待在家？赶快出来吧！所有的演艺人员都出来为灾区募款及做义工了，你是最热心的冰冰姐怎么能缺席呢？赶快出来一起募款吧！”

当时由八大电视台主办做了募款活动，以及前进灾区的一些义行，我也放弃卧床休息，前往灾区负责抚慰受灾户及在台北做了好几场募款活动。几天后，我再一次觉得肚子好像大了，很多人看到我也说：“冰冰姐，你胖了，你是吃了什么怎么会胖了？”

那一阵忙碌过后，我赶紧到医院探知结果，医生给我的答案还是：“NO！”

这一次的失败我心甘情愿，我没有做足够的卧床休息，但我认为我做了有意义的事。那么多人在灾难中失去生命，我个人这点事又算得了什么呢。

尔后，第三次的失败，我也潇洒地笑笑，两手一摊，接受现实。医护人员也对我非常的感佩，认为我真是一个豁然开朗的人。

但到了第四次、第五次，我渐渐压力来了，记得到了第六次失败的时候，我崩溃大哭，我不相信老天爷真的会这样对我，我已经打针打到没地方可打。因为黄体素、荷尔蒙的关系，每做一次疗程我都会胖好几公斤，所以失败之后我必须再瘦回去，保持一个好的身体状况。

因此那几年我根本像在地狱里一样，整天带着希望，又失望，再一次希望，又再一次失望，打针打胖了，再瘦回去，又胖了，再瘦回去，最后打针打到肚皮上、双腿上，任何可扎针的地方都是针孔累累，我已找不到地方可以打针了，身体与心理能承受的压力已到了临界点

第七次失败、第八次再失败，我已经灰心丧志了，认为这辈子我大概不行了，反而是医护人员不断给我加油："冰冰姐，加油，加油！你人那么好，身体也那么好，你一定可以的，老天爷欠你的，一定会还给你！"

口中谢谢他们，但心里真的很难过。我安慰自己，一定是老天爷想让我先苦后甜，所以让我历经种种困难，用苦难训练我的意志，用悲伤锻炼我的勇气。

自我调适了之后，擦干眼泪继续努力。我也曾找了一些迷信的方法，像是拿白花换红花，或是拿红花换白花，也有人教我用猪肚炖鸡蛋，猪肚代表让我的肚子更坚强，鸡蛋表示我会生个胖娃娃，结果从来没煮过猪肚的我，只懂得把猪肚外表洗干净，不知道还得把猪肚剖开把里面清干净，结果煮熟的时候

一翻开锅盖，整个臭气冲天，原来猪肚里面通通是大便，把我吓个半死。从那次之后，我有十几年的时间都不敢再吃猪肚。

接下来又是一连串辛苦的历程，这段辛苦的过程不管是我的心态、意志、勇气及受尽折磨的身体，都可以去登记世界纪录了。

到第九次失败的时候，医护人员也开始劝我让子宫休养半年再来，但我没有听进去，我生怕青春一去不回头，一天一天蹉跎过去，只怕更难成功。

记忆中最惊险的应该是第十次，我不信邪地认为我一定会成功，有感于前几次的失败，我决定换一个医生。新医生在取卵子前问我："你会喝酒吗？"因为心情沮丧的时候，我会喝一点闷酒，在日本受到婚姻的磨难、委屈、痛苦的时候，也曾经一个人狂哭的喝酒，所以我告诉医生："我喝酒。"

结果就因为我那句话，医生就加重了我麻醉药剂的量。手术后，到了该苏醒的时刻，我却怎么样也叫不醒。医护人员都吓坏了，甚至还有人用力地打着我耳光要把我打醒。

最后等我醒来时，眼前是一群紧张、流冷汗的医护人员惊吓的脸孔，在我打开眼睑的一刹那，有人的汗还滴在我的脸上。

作为我这样在鬼门关一而再、再而三走过来的人，我真想告诉大家，要活过来有多么不容易。所以，请珍惜每一刻你还活着的时候！

第十一次、十二次，所有人都劝我算了。大家都舍不得看我这么辛苦，舍不得看我每一次失败时，故作坚强的笑容。当我眼红鼻酸的时候，大家都跟我说："冰冰姐，真的不要了，算了！"

然而这一次次的失败却越是激发了我的斗志，我对他们说："医生、护士，不要说丧气的话，请你们为我加油！"

就这样一而再、再而三的努力，直到第十五次，我的身体已经投降了，完全取不到卵子，一颗也没有了。我与医护人员手拉手，互相看着对方，谁也无言以对，我向他们鞠躬，然后默默离开医院，背后传来一阵阵啜泣的声音。低着头的我，一面走，一面看着滴在地板上的眼泪。

其实我心里对他们万般的感激，面对着他们时，却什么话也说不出口。今天在这里，我要向他们致意，虽然历经十五次没有成功，但是过程中他们的努力与给我的温暖，我永远会记在心里。

回想那几年间的过程，每一次从希望到失望、每一次的坚强笑容、每一次的含着眼泪带着微笑、忍受一个人寂寞在医院做手术、忍受着十四天躺在家里或酒店，那种只能躺在床上什么事也不能做的无助感，忍受着臃肿的身体，接受无尽的吃药打针，打完大针打小针，小针打完要吃药，期限一到又要麻醉动手术，这么多药剂在我身体里面，到底未来会形成什么样的副作用，也不得而知，心里的委屈更是无处哭诉，时隔多年，依然觉得不堪回首。

人到中年又怎样，我就是要读书去！

想把晓燕生回来的愿望已经确定无法达成，我开始想我还能为晓燕做什么？

晓燕以前最大的愿望就是考上好大学，进入政大新闻系就读，结果因为一场噩梦让她这个愿望再也无法完成。晓燕想读书但没机会，而很多就学中的学生却不重视课业，甚至中途辍学，学术界简称为中辍生。

我与白晓燕文教基金会的执行长讨论如何让这些尚未走入歧途的中辍生重返校园，他们不喜欢上学，但不代表会学坏，可社会就是会对中辍生贴标签。因此我找了一帮科班的演艺教授到各校去辅导中辍生，把孩子找回来，哪怕在学校里并不是在读书，而是规划他们喜欢的演艺课程，也为他们编演了一些有意义的话剧。

曾经有一天早晨，我接到教授的电话，告诉我这些后段放牛班的孩子当天竟然没有到校，当我赶到学校时，发现警察刚好在处理两个学校的孩子在校外械斗事件，寻求校长的同意后，我把同学们带到教室里，询问他们为何打架？现场一片静默无人响应，任凭我怎么辅导，还是无人理会，当下我告诉大家，我的时间也是很宝贵的,来到贵校见大家,看到平常帅帅的你们，却与人打架打得伤痕累累，今天希望你们尊重我就是这一堂课的教授。既然我无法得知你们打架的原因，我想用戏剧的方式来了解，现在请你们分成两小组各在左右边，想象你们就是刚才两帮械斗的人，现在上课开始！

当场两组人马从不情不愿地演出到越骂越生气，果真努力地演起来也打了起来，但他们毕竟是一帮感情好的同学，演出的效果仅仅是轻轻地拍打。我当场表示刚才的演出不逼真，请大家更认真的演，刚才怎么打现在就怎么打。

其实他们都是好朋友，根本就打不下去，有人哭了出来，趁此机会我告诉他们若还有其他选项，他们还会选择用打架的方式解决问题吗？当孩子们哭成一团的时候，他们的家长也都陆续到校了,眼看着我亲自上的那堂课,家长们与校长都很感动，并称赞我真是一个最棒的辅导老师。

我告诉孩子们，戏剧课只是让他们回到学校的一个桥梁，

我还是希望他们重拾课本，好好学习，为未来的基础打地基。后来看到孩子们每天喜滋滋到学校学习的时候，我心中满满的欣慰。

走在回家的路上，我想到孩子的青春期是多么的重要，现在荒废了课业，未来后悔都来不及，我也了解孩子学习碰到挫折时，可能又会打击信心，为了让他们不再中辍，打铁趁热，我想以身作则。如果家境穷困让无法升学的我，在中年以后重拾课本上大学去，不但圆了我自己的心愿，也弥补了晓燕无法就读大学的遗憾，一人读两人补！

当即我便决定，读书去！

我开始进入台湾空中大学就读，会选择读空大的原因是因为他们的上课时间比较弹性，不用天天到学校，在家就可以看他们的教学频道上课，让我可以一边忙着演艺工作一边完成学业。但是空大是采学分制，修完学分才能毕业，起先我修了三科，半年一学期，考试考两次，期中跟期末考，一年要考四次，修三科考十二次，每当考试的前一个星期，我与大家一样，一面工作一面背书，加上要背拍戏的剧本，常常剧本跟课本的内容在脑子里打架，有时撞墙期都快精神错乱了。

刚开始，大家都不看好我能顺利把学业完成，以为我只是开玩笑炒炒新闻，而我自己盘算时间，若照这样读下去，可能要八年才会完成大学课业。

在时间上已经非常紧绷的我，明知不可为，还是多申请了两科，全校师生看到最忙碌的我竟然一次选读五科，都对我刮目相看。而我自己也生怕被看笑话，况且又自许要作为中辍生的榜样，我在无限的痛苦中咬牙硬撑，把五科读了下来，花了五年半的时间终于拿到大学文凭，但过程的痛苦无法一一详述。

只记得每当考试前夕，我捧着五大本课本，老实讲不知从何翻起，因为不知题目会从哪一页的哪个章节出起，只好从第一页读起，常常到了半夜眼睛瞪着书本，但脑子已经神游到外层空间了。

考试当天，早起的妈妈问我今儿个怎么这么早起啊？我当场哭出来，一面哭一面说："我还没睡觉，我今天要考试……"

当我出门时，觉得自己好可笑，觉得那个当下好像回到稚嫩的青苹果时期，还会为了读书哭出来。

到了学校，趁着考卷尚未发下来，我做最后冲刺继续埋头苦读，考试铃声响，拿到考卷那一刻，看到熟悉的课题赶紧挥笔疾书，但看到深奥的试题时，只能托腮望向窗外放空，当场瞄到一帮电视记者正锁定我拍摄，这下惨了，明明想不出来答案，又不能只托腮不写，会被拍下来播出去，但实在又不知道要写什么，只好先写上学号、科系跟名字，看着同学一个个交卷走出去，我好担心我是最后走出去的那个人，想要快交卷，但又

▲ 空大毕业照

有尚未想出答案的习题。那几年的日子就在这种状况中度过了，大致说来我算是品学兼优的好学生，但是也曾经不小心有一科被当掉，遗憾难过之余，也只好更加努力苦读完成课业。

五年又六个月之后，我顺利毕业，我终于可以大声地说：“我是空大毕业的大学生啰！”

part 7

晓燕去世周年忌

已经十多年了，这期间我因为恐惧、不舍、心痛，于是不听、不闻、也不想有关那个地方的一切，有时驱车经过，我甚至不敢看它一眼，匆匆将头撇向一边，但这两年，我却忽然有一股冲动，想去看看那个地方。

我真的想知道，为何歹徒会选择这个地方，这个大排水沟，充满淤泥、发出恶臭，我尝试丢下一颗小石头，却是一点都不阻扰地往下急沉，我不禁回想，晓燕被丢下的刹那是否也这样？这淤泥又埋葬过多少无辜的生命？想到这，心头一紧，我的眼泪再也不听使唤的落下……

十多年来，每一个漫长的夜晚，都很难熬。有时我刻意逃避有关晓燕的一切，却是人越远、心越近，每次看到她的物品，都仿佛一支利剑刺进心窝，好痛……好痛……

泪眼望向前方，心中不断想着这十年来我接触佛法，学习放下，实际上，我根本放不下。十年，抚平了社会大众的害怕，相对的，大家也忘了事件发生之初的恐惧与愤怒，我只想说："晓燕，你是妈妈心中永远的宝贝，纯真、善体人意，在你的忌日这天，我写下一些遥祭予你的话语，希望你能感受我这颗装满思念的慈母心，知道我有多么的爱你！”

回顾我的小时候，家里孩子太多，母亲也不懂爱的教育，让我天天竹笋炒肉丝（挨打）。但是在打骂中，也让我学到忍耐的最高境界，也因为如此，身为公众人物，近年来偶尔受到无端攻击，我都能淡定的忍下来。

现在虽然偶尔想起过去母亲对我的种种，我的心里也没有任何的怨言。92 岁的她，已经没有自理能力，我每天像照顾小孩一样的照护她，反而对她心生怜惜。

写到这里突然想到，晓燕也被我打过一次。其实我一向对晓燕的学业成绩不太苛求，只希望她活泼健康、品行优良、乖巧听话。正因为我对她的成绩不要求，直到她读初中二年级时，她理化考 58 分，数学考 59 分，我才开始紧张了。我和老师谈，老师说这个孩子不笨，就是上课不专心，爱说话、爱发呆，其他方面的表现则是非常好。

于是，我告诉晓燕：“书是为自己读的，妈妈不要求你成绩，但你自己要自爱啊！请你努力看看，下次考好一点，只要进步十分就好。”她随口答应了，不过等到成绩出来时，还是一样糟糕。

我虽然生气，但还是平心静气和她约法三章，告诉她下次一定要考到70分，否则差一分就打一下手心。当时，我们还签约，把合约书贴在墙上，我甚至把打手心的棍子也先买好了。结果，她还是不当一回事，反而更退步了，只考了50分。

一直都认为承诺很重要的我，这一次决定必须处罚她。

我请她把双手伸出来，晓燕还不相信我会打她，还说：“不要太用力，打个意思就好，你只有我这个女儿喔！”

我没有理会她，用力打下去，她立刻哭了，喊道：“妈！会痛耶！”

我说：“当然会痛，你没挨打过，不知道被处罚的滋味，我们一定要遵守诺言！”

我狠心的再打下去，打了十下，实在打不下去了。但我不能违背约束，只能坚持板着脸足足打够了二十下，她号啕大哭着跑走。我也躲到房间大哭一场，痛在儿身，疼在娘心。

当晚我特别买了她最喜欢吃的苹果，走进她的房间。她已睡着，眼角挂着眼泪，鼻头哭得红通通的，看到她挨打的手心红红的，我把苹果放在她手中。红红的苹果、红红的手，越看越舍不得，我哭着走出房间。

没想到，次月的考试她竟然真的进步了，而且以后大都能考到80分以上。但她挨打的那一幕，时常出现在我心海中，不知她是否也牢记了。

我曾经穷苦、困顿，也曾有梦想、有追求，我也有过不美满的婚姻，带着嗷嗷待哺的孩子回到国内，从零开始。

当时的民情与现在大不相同，现在的演艺圈，越八卦越有人气，而当时离异、单亲妈妈……都是绝对不能让人知道的“丑闻”。但我为了让孩子能够正常成长，冒着也许永远红不了的可能，选择向所有人承认自己离异、单亲妈妈的身份。

从晓燕呱呱落地到她无辜委屈离开人世，至今也已19年了。蓦然回首，我才惊觉，我这一辈子未曾享受过豆蔻年华的美好青春。

因为生活压力，也不知何谓年少轻狂，晓燕在世时，为了珍惜与她相处的每一刻，我时常婉拒同事间的邀约，回到家中，却只能见到已熟睡的她。

其实在演艺圈，尤其像我们这种忙碌的人，根本没有机会与外界的人相识，看的都是熟的不能再熟的圈内人，就这样日复一日，看着孩子渐渐长大，自己年华渐渐老去。

人生六十才开始，此时努力并不迟

演艺路并不好走，同侪有人退休，有人继续努力，有人生活困顿，有人专搞破坏，台湾这个过度自由的社会，电视、新闻媒体、名嘴充斥。只要你想说，不必考证都可以说得天花乱坠，哪怕子虚乌有。这让我更怀念起从前农业社会的纯朴、厚道。

台湾这个社会，重视各个族群，也接纳各种言论。就是因为如此，沸沸扬扬的废死言论也在社会中弥漫了出来，废死联盟人数很少，但声音很大，因为他们大都是学法律的专家，不是法官就是检察官抑或是律师，或者对人生有不一样见解的人，或许他们的人生根本过得太幸福了，没有受过任何磨难，不知人间疾苦。

不管任何人做了多么残忍不人道的事，哪怕全民义愤填膺，他们还是强烈建议一定要让他们有再教育机会，法律不能剥夺人的生命，总是以联合国或有些国家已经不执行死刑来压迫政府。

他们忘了歹徒用尽残酷的凌迟，尔后虐杀受害人的生命，其实就算判死刑，也都是以非常人道的方式结束他们罪恶的一生。各种调查机构也做了多次的民意调查，结果百分之八十五的人都是反对废除死刑的，但是当时的法务部门已决定将慢慢实行台湾无死刑，这么戕害台湾治安的政策，却没有人站出来说话。他们殊不知有些国家已经正受到没有死刑的严重后果，暴徒越来越残酷，杀害越来越多人。

受到心灵重伤的我，当时只是觉得这些废死联盟怎么能够踏着被害人的血，来实现他们的理想，更觉得若是做错事不用受处罚，最重可能只被判无期徒刑，受害人还得赚钱纳税养他们一辈子，这是什么样的不公平社会！

如果真的执行下去，未来是否又会回到弱肉强食、冤冤相报的时代，台湾是有法律的，有人说法律是维护人民生命财产的最后一道防线，其实当走到法律这条路时，多数的受害人早已陈尸曝野、含冤莫名、死不瞑目了，何况还把最适合惩罚歹徒的方式取消，真不敢想象未来的台湾会变成怎样。

我毅然决然站出来，声嘶力竭地抨击当时法务部门的政策，结果当然受到全民的支持，废死的议题也就没有继续延烧。

但每发生一起重大社会案件，死刑存废与否就会再被拿出来讨论，只是我们的传统社会哪能够有这样的西方思想灌输在里面，殊不知现在欧洲、美国各地常常发生人魔携枪潜进校园或公共场所扫射杀害学童及人们，但所判的徒刑都只有一二十年，在监狱里面吃得饱住得好，还可放风运动。如此“福利”的监狱生活，滋生了很多在外面无法生活的人故意犯罪，进去吃牢饭。近期台湾发生了几次残忍的杀害幼童案，犯人就说："因为现在只抢超商或伤人是不必坐牢的，为了达到坐牢的目的，当然就要狠心用最残忍的方式杀人！"我真的不希望未来的善良社会成为这么可怕的屠宰场！

所以我坚持捍卫社会的平安，就像我在晓燕墓志铭上所写的"晓曦浮海复明人间光景，燕子归山唤得天下太平"，我不能对我的良心食言，无论我努力的做了什么，都是希望天下的母亲不再哭泣，天下所有孩子不再恐惧，这是我唯一的信念。

后来我受马英九先生之邀，成为他的顾问，为治安做最正确的建言，我也因此被误解参与政治活动。

其实台湾是一个多元社会，各种言论思想自由，偶尔还得忍受各种不理性的批评，而我只能努力的做自己。除了演艺工作之外，也矢志以社会公益作为我人生的使命。

2015 年我有感于这几年来世界各地，尤其两岸以及韩国最常发生自杀事件，我想以白晓燕基金会的名义拍一个公益电影，劝导大家珍惜生命，不要自杀。

得益于大家的支持，在几天内，我完成了确定所有演员、及找到最好的制作团队、导演、摄影组，而发行商不但确认发行，也愿投资。

2016 农历年间，《人生按个赞》正式上演，当我看到台湾各地的家庭粉丝，携家带眷到戏院来捧场，我摸黑参在观众群中，看到他们看到笑点时开怀大笑，演到洋葱剧情时全场唏唏嗦嗦的啜泣声，尤其全剧中最经典的自杀桥段，编剧写得精彩，把很可怜的自杀剧情用很逗趣的演出方式，让观众情绪随着剧情起伏，一阵哭一阵笑，而我也跟着一下子鼻酸，一下子嘴角上扬，更有着满满的欣慰。

今晚，又是个寂静的夜晚，但是我寂静不寂寞，单人枕头双人床，想睡就睡，睡姿任由自己摆布，有了灵感想起即起，正笔疾书留下纪录，才有今天这个作品。

晓燕过世后，大家都劝我再重组一个家庭，免得老年孤苦。其实，双人有双人的甜蜜及依靠，但单身也有单身的自由及自主，这一辈子除了晓燕的父亲之外，我也断断续续谈了几次恋爱，虽然最终还是变成单身，但这部分的历练也丰富了我的生命。在感情路上我爱过、我痛过、我恨过、也怨过，有被照顾过、也有被欺负过，有人说："一朝被蛇咬，十年怕井绳，问我怕不怕继续谈恋爱？"

其实，何怕之有？我并不抗拒，但我也没有特别期待，因为一甲子的历练我真的太明白了，缘与怨是个很奇妙的事，明明是好缘，最后两人变好怨，但也有怨偶变佳偶的实例，看多了闺蜜变仇敌及互不顺眼的两人变好友，人生风景及人间光景一样，千变万化、目不暇给。

早期的传统社会，女人最大的成就，就是完美的婚姻、子女满堂。对照剩女满天下的今天，现代女性不但要貌美如花，又要能挣钱养家，单身不一定是贵族，还有很多人汲汲于生活。累了无人可靠、冷了无人相伴、饿了自己承担，生活再苦无人可诉、一人独处，忍受孤独。

而我秉持着“少年要营养，中年要保养，老年要休养”的真谛。少年来不及营养，但中老年我努力保养及休养，虽然没有风华绝代，也能自成一派。就算没有蜜意浓情，也能云淡风轻。有句话说“你若精彩，蝴蝶自来”，这么优秀的自己不担心蝴蝶不来。

午夜后记

台湾演艺圈有几个重要的奖项，金曲奖、金钟奖及金马奖，简称“三金”。

举凡能够拿到这些奖项，都代表他们的演艺是受到肯定的。

在 2013 年我入围金钟奖电视电影的女主角奖，颁奖典礼前夕，我就收到许多人的祝福电话。但对于得奖一事，我一直抱着随缘的心态，努力就好。

人生会经历很多的事，学会享受过程中的点滴，你就会发现自己会慢慢得变成一个快乐的人。抱着这样的心态，我得奖了，我的金钟奖最佳女主角奖。

▲ **获得金钟奖最佳女主角**

今天，我出这本书的意义不是要告诉大家白冰冰有多么伤心、多么坚强、多么勇敢或多么厉害，而是要告诉大家，每个人的人生剧本都不同，扮演的角色也不一样，遇到的挫折更是否异。当你遇到任何困难或巨变时，你会用什么样的方法及态度去处理呢？

我的处理方式及情绪的管控有比一般人强的地方，也有比一般人弱的地方，强的地方可以给大家做参考，弱的地方能让大家作为借鉴，千万不要重蹈覆测。

有人说过："宁走十步远，不走一步险。"

冰冰姐的故事要告诉大家，世界何其大，你不是最可怜的那个人，碰上了只有面对、处理、放下，说到放下谈何容易，我以前也跟大家一样，一直都是拿不起、放不下，但时间会告诉我们，如何解决心里的伤痛及对人、事、物的怨怼，学习如何趋吉避凶，凝聚正能量。

我曾经在网络出了一道题目问大家，如果要用一种花卉或者一种动物来形容我，大家的看法会是什么？结果各式各样的答案都有，有人说我如鹤顶红般之热情，如玫瑰花般大方，如康乃馨般温暖，如木槿花之坚韧，如扶桑花柔中带着坚毅，但百分之九十写的都是同一种花卉,就是……如阳光般的向日葵！

曾经有一篇文章写道："一样的眼睛，有不一样的看法，一样的嘴巴，有不一样的说法"，唯有这个答案统计出来的结果跟我的想法相同。我也自认我就是太阳花向日葵，不管含苞时是如何脆弱，即使碰到风雨、遇到挫折，还是努力朝着阳光生长。

这就是我写这本书最大的意义，人生不可能没有挫折、没有压力。

有人说："明天会更好"，我觉得未必，但"明天会更老"那是一定的。

也有人说有能力的人，人家会称呼您"李老、张老、王老"，但没有能力的，则简称"老李、老张、老王"，无论如何，未来我会努力朝"白老"路途上迈进。

有人问我："你要一直努力到什么时候呢？"我想说人生

不努力活着做什么呢？当你放弃一切的时候，除了吃喝玩乐，就只有等死，而我活到老学到老、努力到老，不仅自己获得很多，也因为自己的努力嘉惠很多人，何乐而不为？

有幸出这本自传，我的目的就是希望有苦难、有挫折的人都能挥别忧伤，迎向阳光。

我常勉励自己“随和，但不随便”。在我所剩无几的人生岁月，其实可以选择各种过法，但我希望能照亮社会。

常听说滚滚红尘，但人世间为何用红尘，而非黄尘、绿尘、蓝尘、白尘？或许是人世间本是单纯的，而人的思维确是万般复杂的，有人就有比较、有计较、有争斗，国与国之间的战争、企业之间的竞争、人与人之间的斗争、有时候连亲兄弟姐妹之间都难以避免，尤其以古时候的皇室为甚，亲兄弟之间为了争王位而征战流血，平民百姓的兄弟姐妹为了争财产而流血，难怪称为滚滚红尘。

曾经有人说我是舞台的谐星，人生的苦旦。

是的。我在人间吃尽了苦头，又喜欢在舞台上或朋友圈带给大家欢笑，但未来的我，肯定会让“苦旦”这个名号成为一个过去式，现在的我珍惜每一个眼睛睁开的时刻，把握现在，因为明天跟意外不知哪一个先来，而我一定会从容以对。

每个人都有别人体会不到的辛苦，刻画的印记只有自己最清楚；

走得累不累，脚知道；撑得难不难，肩知道；过得好不好，心知道。

自己的伤自己疗，伤疤不必掀给别人知道。

这就是白冰冰的故事。